COLLECTION FOLIO

Philippe Claudel

Les petites mécaniques

Mercure de France

Philippe Claudel est né en 1962.

Il a reçu le prix roman France-Télévision en 2000 pour *J'abandonne* et la bourse Goncourt de la Nouvelle en 2003 pour *Les petites mécaniques.* Son roman *Les âmes grises* a été couronné par le prix Renaudot 2003 et le Grand Prix des lectrices de *Elle* 2004 ; il a par ailleurs été élu « meilleur livre de l'année 2003 » par la rédaction du magazine *Lire*.

Pour mes deux amours,
Dominique et Cléophée.

Nous sommes de bien petites mécaniques
égarées par les infinis.

PASCAL

Les mots des morts

Les premières victimes tombèrent vers le midi du mercredi des Cendres. On retrouva derrière le porche de l'église deux vieilles — qu'on savait amies et bavardes comme des alouettes — l'une contre l'autre, pour ainsi dire enlacées.

Le médecin venu examiner leurs corps ne remarqua aucune blessure, pas le moindre hématome. Elles avaient toutes deux la bouche ouverte et paraissaient ne pas avoir souffert. Quelques minutes avant leur mort, le curé se souvint les avoir aperçues discutant avec vivacité des bois seaux de pluie qui s'étaient abattus sur le pays les jours derniers, et de la terre trempée rendue impropre à toute culture. Leur conversation bien qu'enfiévrée ne se révélait donc d'aucune importance.

Le mauvais temps, qui noyait le comté depuis

la Chandeleur durant cette année déjà lointaine, faisait rester les habitants bien au chaud chez eux, et les rues déjà désertes le furent un peu plus encore. Mais cela n'empêcha pas la survenue de nouvelles morts. Deux semaines plus tard, on découvrit en effet dans la plus grande auberge du bourg les cadavres de quatre compères à qui, quelques instants auparavant, le tenancier avait servi des pichets de vin blanc.

L'aubergiste longuement questionné précisa qu'il avait laissé les joueurs en grande discussion quand il était parti tirer le vin à la cave pour remplir de nouveau les carafons. À son retour, tous étaient morts, le corps renversé sur la table. Eux aussi avaient la bouche grande ouverte.

On suspecta le vin, qu'on fit boire à des condamnés à mort ; mais ceux-ci n'en connurent pas plus de déplaisir que de tourment. On soupçonna l'aubergiste : malgré toutes les tortures que lui fit subir le bourreau du bailliage, le malheureux n'avoua rien que ce qu'il avait déjà dit. Son corps meurtri, tailladé par les fers et les tenailles, fut pourtant pendu à la plus haute branche d'un orme centenaire afin de plaire à la population qui se persuada ainsi que les morts singulières allaient cesser. Il y pourrit durant des semaines avec une lenteur ostentatoire.

Quelques mois passèrent, sans décès troublants. Mais à la Saint-Jean, la région comprit que le mal mystérieux la tenait toujours.

À l'occasion de cette fête, chaque année, une grande foire avait lieu au bourg, qui rassemblait tout ce que la contrée comptait de rouliers et de marchands. Certains venaient même de très loin, des marches de Savoie et des plaines rhénanes. On y vendait des bêtes, des outils, des cordes, du sel et des épices, des images à deux sous, des onguents du miracle et parfois même, sous le manteau, des reliques mineures, quelques osselets de saints, des poils de barbe de bienheureux, une médaille baisée par les lèvres disparues d'un cardinal romain.

Le marchand Voss ne manquait jamais cette foire qui lui permettait d'écouler en une journée les couteaux qu'il allait acheter dans les fabriques d'Espagne et d'Auvergne. Mais cette année-là, une mauvaise entorse qu'il s'était faite trois jours auparavant l'avait ralenti sur les sentiers difficiles. Il avait boitillé sans même pouvoir monter son âne dont le bât traînait au sol sous le poids de la coutellerie.

Quand il vit les portes du bourg, il était midi passé. D'ordinaire, le bruit de la foule, les chants des jongleurs et des vielleux, le brouhaha des discussions, la rumeur de la foire claquaient dans l'air et le faisaient vibrer à plusieurs lieues à la ronde comme la peau d'un tambour. Mais le marchand en approchant n'entendait que la musique du vent et le chant des oiseaux. Flairant de la narine, il ne put déceler les ordinaires relents de porc grillé et de fèves cuites, les parfums gaufrés des oublies brûlantes.

Lorsqu'il eut passé la poterne, le silence demeura, lourd et épais comme une colle de peau. Le marchand et son âne s'engagèrent dans l'étroit passage qui menait à la grand-place. Le bruit des pas résonnait sur le pavé comme les balles s'échappant de la gueule d'un mousquet. Voss et son âne tournèrent l'angle d'une grosse maison à colombages : ce qu'il aperçut soudain sur la place occupa sa mémoire pendant toutes les années que dura encore sa vie et souvent, dans ses rêves, il revoyait la blancheur de ce premier jour d'été, l'étendue de la place bordée d'arcades, et il entendait son grand silence, seulement de temps à autre déchiré par la plainte d'un animal ou un frottement de sabots sur le sol. Il se souvint de tout cela jusqu'au moment où la mort le prit, sur les bords d'un sentier de Saxe, au terme d'une existence pendant laquelle il ne rencontra rien de plus étonnant que le spectacle de cette foire de la Saint-Jean.

Un grand soleil couvrait la place. Il y avait foule dans les allées, près des échoppes de toile, sur les bancs des estaminets de fortune. Il y avait foule devant les estrades des bateleurs et les tréteaux des comédiens ambulants, devant les rôtisseurs et les faiseurs de pommades, les apothicaires et les escamoteurs. Il y avait foule en effet, mais une foule… morte. Seules les bêtes étaient bien en vie, cheval, génisses, chèvres, lapins, porcs, chiens, volailles, brebis, oui, tout cela vivait mais dans une économie de mouvements et une étrange quiétude qui les faisaient demeurer là, sans même songer à prendre leur liberté, sans même lancer le moindre cri, comme frappés d'un grand étonnement.

Le marchand hébété contemplait l'incroyable spectacle : les corps humains intacts s'entassaient les uns sur les autres. Certains étaient encore assis, un verre à la main, d'autres, debout, appuyés contre les montants de bois de baraques semblaient assoupis. Des femmes, leurs marmots entre les jupons, étaient allongées dans les passages.

Les camelots n'avaient pas lâché leur boutique. La mort dans sa démesure paraissait d'ailleurs au marchand curieusement moins tragique. Il crut plutôt soudain basculer dans quelque conte empli de prodiges où des sommeils merveilleux s'abattent sur des châteaux entiers, de la salle des gardes à la chambre des princesses.

Tous ces morts paraissaient paisibles. Ils avaient la bouche ouverte, semblaient un peu surpris mais leurs yeux ne trahissaient aucune terreur.

En traversant la place avec son âne, le mar chand entendit soudain sous un drap qui couvrait une table de petits bruits. S'armant de courage, il arracha vivement l'étoffe et découvrit deux créatures recroquevillées l'une sur l'autre, apeurées. Peu à peu, leur crainte se dissipa et le marchand parvint à les attirer à lui. C'était deux hommes assez jeunes encore, vêtus de guenilles et qui tenaient dans leur main une obole.

Le marchand leur adressa la parole mais n'obtint aucune réponse. Il usa de tous les mots de toutes les langues que ses voyages lui avaient fait connaître un peu. Mais les hommes le regardaient, idiots, et restaient silencieux.

Au bout d'un long moment, après avoir tout essayé, le marchand les observa de plus près, leur fit signe d'ouvrir la bouche. Il vit alors que leur langue, réduite à un affreux moignon racorni, ne leur permettait plus de parler même s'ils en avaient eu envie. Sans doute était-ce là le stigmate d'un jugement des officialités, car on arrachait souvent dans ces parages les langues de ceux qui blasphémaient le nom de Dieu.

Il n'en restait pas moins que seuls ces deux-là avaient échappé à la mort, mais qu'ils ne pouvaient en dire la cause. Le marchand les prit par la main, et le petit cortège quitta la ville et ses morts, sans se retourner.

À quelques lieues des remparts, les deux muets profitèrent du premier bois et d'une distraction du marchand Voss, encore tout abasourdi, pour s'enfuir à toutes jambes. Il pensa les rattraper puis jugea que cela, en définitive, était inutile.

Il poursuivit sa route et ne revint jamais plus dans la ville qu'on nettoya de ses cadavres. On chassa le mal des maisons en les enfumant à l'aide d'encens. L'évêque fit une procession. Tous les bourgeois des environs avaient recouvert pour l'occasion l'habit des pénitents. Le comte, paré de noir et nu-tête, fermait le cortège. Trois juifs, que certains disaient avoir aperçus rôder aux abords de la ville la veille du marché, furent brûlés. De nouveaux habitants vinrent au bourg. La vie reprit.

Souvent, Voss repensait à ce qu'il avait vu, à tous ces corps surpris par la mort dans des attitudes quotidiennes, comme suspendus dans leurs discussions, leurs marchandages, leurs disputes, leurs cris, leurs remontrances, leurs blagues et leurs quolibets.

Que deux muets aient été les seuls à en réchapper ne cessait pas de le tourmenter : « Pourquoi ces deux-là, et pas d'autres ? » se demandait-il. Parfois, il sentait poindre en lui un début d'explication : « Comme si le fait même d'être muet les avait… mais non, cela n'a pas de sens ! » Il ne poussait jamais plus loin dans cette voie et ne tenait pas à formuler cela clairement, fût-ce même pour lui seul dans le secret de son esprit.

Et le plus étrange, sans doute, de cette étrange histoire fut que le marchand Voss, pourtant bavard impénitent, n'éprouva jamais le besoin d'en parler à quiconque.

Il mourut dans le silence de son secret. Il mourut en silence. Dans le plus grand silence.

Les bandes

Je suis né garnement d'un ventre de putain, fils aux mille pères inconnus, sans visage et sans nom.

À mes douze ans, premier crime : un gros bourgeois qui sortait d'une auberge, le ventre repu de bière et de porc au cumin. Un fin lacet de cuir, la pénombre d'une ruelle à l'écart du guet, à peine un cri d'étonnement, vite étouffé. Il avait une langue épaisse et rose qui puait la belle vie, et des fourrures de loutre jusque dans ses bottes ! Mais dépouillé de tout, nu sur le pavé, il ressemblait à ces gros vers blêmes qui gîtent sous les choux pourris tout au long de l'hiver.

Adieu la cavalcade ! Sa bourse dans ma poche et mon cœur en tressaut…

Puis s'en allèrent ainsi les années, de ville en ville, et de larcin en mauvais coup. Des compagnons, j'en eus beaucoup et certains ont trop vite donné leur bonjour aux corneilles dans les branches des gibets qui trônent en majesté à une lieue des poternes. Salut à vous, Piort d'Erschwein, Colinet le Lorrain, Sacadou, Fridon de Malines, mes frères morts !

Pour moi, la Fortune fut bonne comme les lits de paille dans les greniers des fermes où nous nous invitions ! Que de nuits à voir danser le paysan sur les charbons et les braises tandis que femmes et filles troussées criaient qu'on les achève !

Au matin, tout fumait, et les granges, et les pieds de ces gueux, noirs comme de la pénombre broyée autour de l'os à vif, tandis que leurs âmes dansaient sur le dessus de leur tête aux yeux écarquillés.

Nous suivions les guerres comme des chiens une vieille carne malade : pas de trop près, de peur du coup de corne, juste à portée de regard.

Quand les soldats refluaient des villages ravagés, c'était notre heure. Dans les rues, il se faisait un grand silence. Le vent prenait les derniers gémissements des mourants pour les porter au-delà du ciel. Du sang à n'en plus finir lavait la terre battue et s'y perdait parfois. Nous détroussions les morts, crevions les matelas de bourre, vidions les carafons des caves en cassant les armoires et en souillant les linges.

Le butin était maigre comme nos flancs. Nous n'avions que les restes.

Et toujours ensuite, il fallait nous en aller, faire plus vite que les épidémies, et les mouches en été qui venaient sur les corps en bruissant d'impatience.

Partir, sur les routes, en esquivant les lansquenets et les archers, nous mêlant dans les foires aux marchands et aux bateleurs pour tirer par-ci trois sequins d'un gousset, par-là deux florins d'une poche.

Nous étions ivres de mal et sales comme des culs de coches.

Mais pour l'heure, je sens ma fin venir et ne regrette rien, sinon les seins de ma Lison, qu'elle avait doux et ronds comme les menues citrouilles qui poussent en mon pays. Ma reine, ma mie, mon démon de seize ans, en croupe dans mon dos, moi en elle dans les nuits, et qu'un jour de décembre, caché au bas d'un porche, je vis écartelée par quatre chevaux bais sur la grand-place de Trêves. Mon diable, ma petite, mon tout menu levraut, ma belle, mon amour souriait au ciel bleu et crachait à la foule, et elle riait encore quand le bourreau masqué claqua avec sécheresse la croupe des canasses. Alors seulement je détournai les yeux…

Aujourd'hui, tout le sang s'enfuit de moi par une entaille à l'aine. Nous ne sommes plus que trois. Le village est désert. On n'entend pas un bruit. J'ai pris ce mauvais coup d'un reître à l'agonie.

Il fait sombre. Jehan d'Hespoir poursuit un veau avec une massue. Il est plein d'un vin lourd trouvé chez un abbé. Adalsein me regarde et essuie sa rapière sur le ventre d'une femme aux cheveux dénoués.

Toute proche, la cloche de l'église en flammes soudain tinte bizarrement dans une chaleur de four. Il me faut partir. Pour aller où ?

Au fond, Dieu ou Diable que m'importe ! J'ai eu ma part ! Le monde est saugrenu, le quitter ne me pèse pourvu qu'ici ou là la chevauchée soit belle…

Le voleur et le marchand

Au déclin du jour, Colin le Bihot arriva non loin de Colmar. Il apercevait déjà les portes de la ville mais réfléchit qu'il valait mieux attendre le lendemain avant que d'y entrer. Le matin, il passerait plus facilement sous les yeux du guet, parmi la foule des paysans, qu'à cette heure déjà tardive où les gardes voyaient arriver d'un mauvais œil un étranger, et le questionnaient alors grandement en conséquence.

Colin avait une belle horreur des questions, et même s'il n'était venu depuis longtemps dans cette ville, le souvenir de ses larcins y avait peut-être perduré dans quelque mémoire pétrie de rancune.

Originaire des États du Nord, Colin le Bihot ne dépassait pas vingt ans. Grand, plein de nerfs, les yeux comme enflammés par des brandons, il vivait depuis son plus jeune âge de grivèlerie et de crimes. Plus d'une fois déjà, il avait échappé au gibet ; mais prendre le bien d'autrui et l'égorger s'il résistait ne lui semblaient pas plus détestables que d'entreprendre des guerres ou de lever des impôts. Tout n'était selon lui qu'affaire de moyens, pas de morale, et comme tout le monde n'avait pas le bonheur de naître roi, chacun pouvait tout de même à sa convenance devenir voleur. Cette petite philosophie était son bréviaire ainsi que son unique conscience.

D'ailleurs, à chaque fois que Colin avait tué un homme, il ne s'était pas plus ému que s'il s'était agi d'une bête, mouton ou porc, grotesque poulet dodelinant du cou. L'événement lui paraissait malgré tout singulier au point que pour se rappeler cet acte, nourri d'une superstition un peu obscure dont il ne parvenait pas à définir les menaces, il s'entaillait, sitôt l'assassinat commis, l'avant-bras droit d'un double coup de poignard qui en cicatrisant formait une croix de Saint-André, maladroite et comme vivante. En ce soir où le jeune voleur parvenait à Colmar, son bras se fleurissait de six de ces trophées.

Un peu avant les premières masures du faubourg, Colin avisa un large chêne, dont le feuillage épais lui servirait de toit pour une nuit qui promettait d'être douce. Les étoiles au ciel commençaient à poindre de leur sommeil et les parfums du chèvrefeuille sauvage se mariaient dans l'air aux odeurs de poivre des derniers foins coupés. La terre s'ouvrait à l'air. Elle lui donnait par instants un souffle de froid qui se dissipait tout aussitôt dans les chaleurs agitées par la brise. Un grand calme avait scellé les bruits de la campagne.

C'est en cette fin de jour, et sous cet arbre, que le voleur rencontra la Mort. Elle avait emprunté les traits paisibles d'un homme rond au bon visage, habillé comme un marchand et qui, adossé au tronc de l'arbre, fumait une longue pipe en terre, les yeux mi-clos.

Colin tout d'abord ne la reconnut pas, habitué qu'il était aux bêtes imageries populaires qui la peignent toujours sous les traits d'un cadavre décharné armé d'une faux. Aussi le jeune voleur s'adressa-t-il à la Mort comme à un frère humain. Il se disait, au fond de lui, que ce marchand était une aubaine et que sa bourse, sans être aussi grasse que sa panse, devait malgré tout contenir quelques pièces bonnes à prendre.

Colin feignit de demander sa route au marchand et, quand celui-ci l'eut renseigné, ils parlèrent tous deux pendant près d'une heure, de tout et de rien, de la vendange et de la vigne, du Rhin, des villes allemandes, de servantes aux gorges lourdes et aux cuisses de lait, davantage rêvées dans le désir des hommes que serrées dans leurs vies et dans leurs bras. Colin tout en parlant s'étonnait de voir le visage du marchand toujours lissé du même sourire que son teint vermeil rendait encore plus fleuri. Il fallait en finir. Le voleur se raidit, respira fort, sentit son sang comme une huile chauffée affluer à son cœur et soudain, tandis que son compagnon de rencontre respirait, les yeux fermés, les parfums de la nuit, Colin sortit son couteau et le lui appliqua sur la gorge en demandant sa bourse.

Sa main trembla un peu quand il vit que l'autre n'avait pas cessé de sourire et que ni le couteau ni les menaces ne paraissaient l'effrayer.

La Mort s'adressa alors à lui en ces termes : « Veux-tu apposer sur ton bras un septième sceau ? » — et partit d'un grand rire qui atteignit Colin jusque dans son échine. Il eut subitement l'impression que tout son corps se glaçait, et comprit qu'à ses côtés ne se tenait pas un simple marchand mais une créature qui n'avait pris la chair des hommes que pour mieux le perdre.

« Comment pourrais-tu saigner la Mort, mon

pauvre Colin ? » Le faux marchand souriait toujours et le jeune voleur effrayé vit soudain au travers de ses traits, comme par l'effet d'un sortilège, un crâne aux orbites creuses et grises se dessiner. Il se mit à genoux et tenta de rassembler les souvenirs de quelques prières, péniblement apprises jadis grâce à quelques coups de trique.

La Mort l'interrompit : « Tu as déjà semé le mal dans bien des endroits, et dispensé ce que moi seul je puis donner ; tu as ouvert des cœurs à la douleur infinie de l'absence ; tu as livré des épouses et des enfants au pays terne des larmes qui jamais ne s'arrêtent ; mais tu es jeune encore… peut-être pourrais-tu t'amender… »

À l'évocation d'une possible clémence, Colin promit, jura, donna parole de mener désormais une vie droite et honnête, dans le respect de la vie et du bien des autres, et dans le souci d'aider et de secourir son prochain.

« Soit, je recule ton heure, nous verrons bien..., dit la Mort. J'ai tout mon temps. Je reviendrai plus tard : entre dans la ville et souviens-toi de notre rencontre. »

Colin vit alors le faux marchand se lever, et s'en aller dans la nuit. Il ne tenta pas de le suivre. Il grelottait jusqu'au fond de son âme.

Le soir même, une fois ses esprits retrouvés, le voleur gagna la ville en marchant comme dans un songe. Le guet qu'il crut voir assoupi le laissa passer la porte sans même l'arrêter.

Dès le lendemain, jour de marché, Colin le Bihot proposa ses services à celui qui en voudrait. Il put ainsi pour la première fois de son existence gagner honnêtement un repas en aidant un tonnelier à charrier ses foudres neufs et ses barriques.

Les jours passèrent, puis les mois. Colin, fidèle à sa promesse, ne manquait pas une occasion de rendre service. Une vieille veuve à qui il fendait le bois lui avait cédé un coin de grenier où il pouvait dormir. Sa vigueur et son courage lui attirèrent bien des sympathies et la fréquentation des marchands le fit remarquer de l'un d'entre eux, Cornélius Wies.

Celui-ci cultivait le regret de ne pas avoir eu de fils à qui il aurait pu transmettre son commerce de vins, et son savoir. Veuf et père d'une fille, il terminait son existence en veillant sur ses biens et trouvait son plaisir à venir le soir à l'auberge des Pflets fumer une pipe et boire de la bière en compagnie d'autres marchands.

Il avait plus d'une fois aperçu sur la place et dans les rues étroites de la ville ce grand gaillard qui semblait si plein de vie et d'allant, toujours prompt à s'embaucher, ou chez l'un, ou chez l'autre. Ses yeux vifs lui disaient qu'il ne devait pas être sot. Cornélius un jour l'aborda :

« Ne voudrais-tu pas apprendre un métier au lieu d'en faire cent ?

— Pardieu, je ne dis pas non », répondit Colin.

Ainsi l'engagement entre les deux hommes fut-il conclu, sans autre complication ni bavardage d'oiseaux.

Depuis ce jour, il sembla à tous ceux qui connaissaient Cornélius Wies que le vieil homme reprenait vie. Colin était loin d'être sot et le marchand avait vu juste : en quelques mois, il lui enseigna les ficelles du métier. La vinification, la température des moûts, l'assemblage des barriques, la comptabilité à deux colonnes, les pourparlers avec les vignerons, l'endosse et la décharge, les prévisions à terme, les engagements avec les commerçants rhénans, et ceux, plus âpres encore, des Flandres, tout cela n'eut bientôt plus de secret pour le voleur repenti. La maison Wies, jusqu'alors déclinante, reprit une vigueur qu'elle n'avait plus connue depuis longtemps. Et dorénavant, le soir venu, quand le vieux Cornélius allait à l'auberge, ce n'était plus pour tromper une mélancolie sournoise mais pour boire apaisé et fumer joyeusement ses pipes d'écume.

« Ton Colin est un sacré gaillard, lui disait-on, il réveillerait les morts !

— Pour sûr, répondait Cornélius, le commerce grâce à lui n'a jamais été aussi bon, et moi, je me sens rajeunir !

— Et ta fille Grethe, qu'en dit-elle ? » demandaient les plus malins en riant sous cape, les lèvres et les yeux disparus dans la blancheur mousseuse de leur chope.

Cornélius tirait alors des bouffées de tabac et souriait au plafond sans mot dire.

Plusieurs mois s'écoulèrent ainsi pour le bonheur de tous. Les anciens pendards qui hantaient jadis en compagnie de Colin les étuves et les villages ravagés par les reîtres de l'Espagnol auraient eu peine à reconnaître sous les traits de ce jeune homme à la bonne figure, qui portait bel habit et à qui tout le monde donnait désormais du « Monsieur Colin », leur ancien compagnon de débauche et de brigandage.

Un soir, le vieux Cornélius le fit venir solennellement dans son cabinet, tout encombré de papiers et de pots d'encre. Il l'attendait assis, un peu trop cérémonieusement installé, arborant une mine qu'il essayait de rendre grave. Après avoir raclé plusieurs fois sa gorge et renversé quelques papiers, il lui dit ceci :

« Mon Colin, voici une année aujourd'hui que je t'ai proposé de venir dans mon commerce. Rien ne sert que je te dise hautement tout le bien que je pense de toi, et tout ce que tu as fait pour cette maison. Les choses parlent d'elles-mêmes. J'ai plus d'argent que l'an passé. Nous avons tant de commandes qu'il faudrait une vendange à chaque saison… Mais tu n'as pas fait que cela… tu m'as… redonné vie et, grâce à toi, l'espoir de voir cette maison continuer après ma mort. Car une autre personne t'apprécie aussi beaucoup, si j'en crois ses rougeurs et sa voix qui se brise à chaque fois qu'elle te croise… Ma fin approche, Colin, tais-toi… ne dis pas non… Dieu dispose de nous comme nous des vignes, c'est à lui qu'appartient de couper le fruit quand il lui plaît de le faire. Je ne crains pas ce moment, mais je serais le plus heureux des hommes si tu épousais ma fille et me faisais une ribambelle de petits marchands ! »

C'est ainsi que deux mois plus tard l'ancien voleur maria la fille de Cornélius Wies.

Les noces furent dans la ville l'occasion d'un

grand cortège fleuri et joyeux, d'une belle messe de gloire, et de beuveries sans nom. Des tonneaux furent mis en perce sur les places, le vin coula dans les seize fontaines de la ville et l'on dansa toute la nuit au son des vielleux. Cornélius aurait régalé la terre entière.

Le soir de son mariage, alors qu'il s'apprêtait à rejoindre pour la première fois Grethe dans le lit, Colin repensa à son ancienne vie et remercia la Providence d'avoir mis ainsi la Mort jadis sur sa route. En ôtant sa chemise, il regarda son bras droit et s'aperçut qu'une des croix de Saint-André avait disparu et qu'il ne demeurait que cinq cicatrices étoilées.

Le vieux Cornélius mourut l'année suivante, en bon chrétien. Il avait vu ses vœux exaucés, et tenu dans ses bras son premier petit-fils auquel Colin avait donné le prénom du grand-père. Trois autres enfants suivirent celui-là, tous plus vigoureux les uns que les autres.

La vie passa.

Colin devint un des plus importants marchands de toute la plaine d'Alsace. Il suffisait dans bien des endroits de prononcer son nom pour que tous ceux présents s'accordassent à dire qu'il s'agissait là d'un honnête homme. Bon mari, bon père, il n'attirait aucune jalousie car chez lui les pauvres étaient toujours bien reçus et nourris, les malades soignés, les veuves et les orphelins secourus. Chaque année, il versait une forte somme à l'Hospice de Belstein, concourait aux réparations de l'église, payait du drap pour les moines de l'abbaye, participait de moitié aux dépenses du char des marchands pour le défilé de la Saint-Vincent.

Parfois, dans son for intérieur, Colin songeait à son étrange destin comme tranché en deux vies distinctes qui s'étaient soudainement séparées pour ne jamais plus se rejoindre. Au fil des années, comme des lointains souvenirs emportés par les défauts de la mémoire, les abominables croix qui constellaient son bras s'étaient éteintes puis effacées, et la peau avait repris son ancienne apparence, sans qu'il s'en étonnât trop.

Colin était heureux. Avec l'âge, son corps avait épaissi. Son allure ronde et pesante s'éloignait toutefois toujours d'une certaine gravité grâce à un bon sourire qui ne quittait pas son visage, et lui donnait un air paisible. Bientôt, il apprendrait les rudiments du métier au plus grand de ses fils qui approchait de ses quinze ans. Le second était encore trop jeune. Quant à ses deux filles, il n'avait nul souci : les prétendants ne manqueraient pas quand le temps serait venu de les marier.

Un soir de septembre, à l'approche des vendanges, Colin ressentit le besoin de quitter ses entrepôts et d'aller, dans l'après-midi finissante, humer l'air des vignes tout en fumant un peu.

Il faisait doux. Un soleil plein embrasait les torchis des maisons. Il passa la poterne et traversa lentement le faubourg, la pipe à la main, répondant de temps à autre au salut respectueux d'un paysan occupé sur le seuil de sa maison à quelques menus travaux de vannerie.

Une brise par moments apportait des parfums de fleurs et de terre, et l'odeur acide des derniers regains les rendait encore plus sauvages. Colin fermait les yeux en goûtant la fin de ce beau jour. La vendange, cette année-là, promettait d'être riche. Tout allait bien. Le ciel vers le couchant dorait son bleu profond de vermeil et d'émeraude et Colin songea au manteau de la Vierge, à la lumière jaune qui nimbe ses cheveux dans le grand retable que maître Tierckaert avait peint selon sa commande, et sur lequel sa femme Grethe, ses filles, ses fils et lui-même figuraient agenouillés, les mains jointes vers l'enfant Jésus, dans une pâleur de grande piété.

Le marchand se retrouva bientôt seul, sur le chemin de campagne, avec derrière lui les murs de la ville et les dernières maisons. Un grand silence tiède caressait les champs. Sans qu'il l'eût recherché, ses pas l'avaient conduit sur cette même route où bien des années plus tôt il était passé. Il aperçut d'ailleurs le vieux chêne, superbe de ramure et de feuillage, sous lequel il avait fait la rencontre qui changea le cours de son destin. L'arbre paraissait ne pas avoir vieilli comme si sa vie d'arbre le préservait de ce qui hante et pourrit celle des hommes, comme si le temps s'amusait seulement, et sans fin jamais, à le vêtir de verdure et à le dépouiller, à le vêtir puis à le dépouiller de nouveau, dans un immuable recommencement.

Quand Colin pensait parfois à sa jeunesse, c'était comme s'il évoquait le parcours d'un autre homme qu'il aurait vaguement connu, et guère apprécié. Et ce sentiment de dépossession de ses années lointaines lui avait ôté depuis bien longtemps toute honte et tout remords.

Colin s'approcha de l'arbre pour en caresser le tronc craquelé. Il s'assit à son pied. Le soir commençait à vider le jour de tout son sang. Le marchand, le visage adouci par son éternel sourire, songea à toutes les années écoulées depuis le jour où il s'était agenouillé à cette même place. Il revit les traits bons et plissés du vieux Cornélius, se souvint des effarouchements candides de la jeune Grethe tandis qu'il lui faisait son compliment dans l'ombre printanière du cellier à fruits. Il se rappela la venue au monde de chacun de ses enfants, il entendit la voix de ceux qui chaque jour le saluaient d'un « Bien le bonjour, Maître Colin », et le remerciaient pour leur avoir procuré un travail de saison, un carré de drap, deux brassées de bois, une lettre pour l'évêque. Il goûta tout au fond de lui-même le paisible réconfort du bien rendu et de la justice, de la pénitence enfin achevée.

Tandis qu'il songeait à tout cela, les yeux fermés, tirant de temps à autre une bouffée de sa pipe, il n'avait pas entendu arriver près de lui un homme qui maintenant lui demandait sa route.

Colin ouvrit les yeux et vit devant lui un grand gaillard : très jeune, les flancs maigres, il portait une besace à moitié vide et s'exprimait avec un accent des villes du Nord. Le jeune homme avait un visage sec couvert de poussière dans lequel le marchand remarqua surtout le regard ; celui-ci semblait comme allumé par un atroce et infime incendie où dansaient des flammes et des diables. Il s'assit à ses côtés et tous deux discutèrent de tout et de rien pendant près d'une heure. Plus Colin regardait l'étranger, plus il reconnaissait dans ses traits, dans le choix de ses mots et au travers de ses gestes, ceux d'un lointain fantôme ou d'une ombre depuis longtemps enfuis, et dont seuls demeurent quelques contours imprécis, rêveurs, et tout à la fois fraternels.

Quand son compagnon de hasard fouilla dans sa maigre besace en lui tournant le dos, Colin comprit soudain que ses deux vies étaient sur le point de se rejoindre, et que la Mort était passée, en quelque vingt années, de l'une à l'autre de ses apparences. Il n'en conçut nulle peur. Il attendit ce qui devait arriver.

Alors, comme dans un au revoir au monde, Colin, l'ancien voleur devenu marchand, celui qui avait ôté de la terre six vies en leur serrant la gorge ou en les éventrant, celui qui avait ensuite donné au monde du bien, du labeur et de la droiture, celui duquel avaient germé quatre nouvelles âmes, celui-là fit apparaître dans son esprit les visages de sa femme et de ses enfants. Colin le Bihot, pendard et détrousseur, gredin cruel et mécréant devenu Maître Colin de Colmar, homme de justice et bienfaiteur des paroisses de Turckheim et d'Ammerschwihr, remercia Dieu et la Mort du sursis qu'ils lui avaient jadis octroyé, puis il respira longuement, très longuement, une dernière fois, les parfums de chèvrefeuille sauvage et d'herbe humide que le soir liait dans un tourbillon doux et frais.

Et c'est pendant ce fragile battement du temps où Colin s'abandonnait tout entier à la douceur de la vie, dans la pleine conscience de son achèvement, que le jeune étranger choisit de se retourner et de trancher, avec l'éclair aveuglant de son couteau, la gorge du marchand.

Arcalie

Le peuple des Arcaliens crucifiait les poètes sur de grandes traverses dressées vers le ciel, à l'entrée des villes. On les y laissait des journées entières, de minces clous fauves enfoncés dans le gras des mains, le corps nu exposé aux vents et aux regards. Les plus chanceux mouraient de soif très vite. Les autres agonisaient longuement sans que rien ne vînt jamais adoucir leur souffrance.

La poésie chez ce peuple était considérée comme une occupation néfaste, propre à ruiner l'ordre des géographes et celui des mathématiciens qui depuis quelques siècles régentaient le pays.

Le pays était mouvant, quelque peu improbable, si bien que le travail des hommes de ces deux castes changeait sans cesse : à peine achevées, les cartes établies étaient déjà à refaire car la poussée d'un fleuve ou le retrait d'un marécage avaient dans le temps de leur exécution modifié le paysage. Les théories des calculs fondés sur la pérennité des sols, la force de l'harmattan, que mesuraient d'élégantes éoliennes, et le débit des rivières devenaient vite obsolètes. Et il fallait tout recommencer. Le peuple ainsi s'occupait dans des arpentages éternels et la construction de fragiles théorèmes à la durée de vie fort courte.

Les premiers poèmes étaient apparus il y a bien longtemps, et chacun s'était alors aussitôt enthousiasmé pour ces édifices anodins d'apparence, qui tenaient sur une feuille de papier ou dans un mince recoin de la mémoire, et que rien, ni marée, ni tremblement de terre, ni crue plus importante qu'une autre, ni tempête de sable, n'endommageait ni ne modifiait.

Le peuple prit très vite l'habitude d'entourer les poètes et d'attendre leurs créations. Pendant ce temps, le pays se modifiait sans cesse, mais les géographes et les mathématiciens ne parvenaient plus à tenir à jour leurs travaux. La main-d'œuvre devenait rêveuse. Leur pouvoir commença à vaciller.

Quant à l'ordre des poètes, il paraissait immuable, car leur poésie offrait le miroir d'un monde que rien ne pouvait altérer. Le bonheur pris à les entendre au coin des rues suffisait à remplir les journées de plus d'un. Le pays s'enfonça dans un doux sentiment de béatitude.

La caste des géographes et celle des mathématiciens comprirent la menace et firent arrêter une nuit tous les poètes. La plupart furent décapités et ensevelis à la hâte. Leurs écrits furent brûlés. On supplicia quelques autres à de grands carrefours et aux quatre portes de la cité capitale, pour l'exemple.

Le peuple d'Arcalie, comme tous les peuples, possédait une inhumaine faculté d'acceptation. Il reprit sans mot dire ses triangulations géodésiques et le chemin des ateliers de calcul.

De temps à autre, on arrêtait un poète clandestin, ou un utile bouc émissaire, parfaitement innocent, mais que l'on crucifiait malgré tout pour décourager d'éventuelles vocations.

Des siècles passèrent.

Aujourd'hui, il ne demeure plus rien depuis bien longtemps du pays d'Arcalie. Ses terres inconstantes et ses marais mauves ont eu raison de lui. Il n'y a plus de villes, plus de monuments, ni même de tombes. Aucune carte survivante des milliers de cartes dessinées par les géographes ;

aucun théorème, aucune loi trigonométrique, aucune équation parmi les monceaux établis par les mathématiciens.

Rien n'a survécu, rien sinon un lambeau de récit à demi légendaire que les rhapsodes de la contrée se sont transmis d'âge en âge, et dont ils disent qu'il fut murmuré au premier d'entre d'eux, il y a bien longtemps, par les lèvres sèches d'un antique poète qui se mourait, à l'entrée d'une ville, les membres écartelés entre deux traverses de chêne, sous les morsures du vent et le grand froid des nuits.

Les confidents

Une nuit, la comtesse Beata Désidério fit un rêve qu'elle ne parvint jamais à expliquer.

Ce songe la mena sur une route d'un pays du Sud, qui aurait pu être l'Espagne, mais en plus petit, ou bien encore l'Italie, mais en moins sale. À la sortie d'une ville déserte, vers le milieu d'un jour d'été, Beata suivait deux hommes à la mise recherchée, ducs ou marquis de cour échappés d'une fête galante dont ils portaient encore une partie du déguisement : un loup de velours noir. Les deux hommes marchaient vers une église qui dressait ses marbres et ses pinacles dans le plus haut des ciels qu'il fût possible d'imaginer. Derrière eux, quatre chevaux à petit trot tiraient un carrosse fourbu, couvert de poussière d'un curieux ton vert-de-gris, et dans lequel on devinait par instants le bras très blanc d'une femme qui s'éventait.

Arrivés sur le parvis, les deux hommes regardèrent, en se penchant démesurément en arrière, les deux tours de l'église, puis ils entrèrent dans l'édifice comme de vrais seigneurs sûrs de leurs lois et de l'autorité que confère la naissance. En les voyant, le curé et le bedeau s'esquivèrent à pas rapides vers la porte de la sacristie, où ils disparurent la peur aux tripes, comme s'ils avaient reconnu en ces hommes les figures symboliques d'une maladie ou d'un fléau.

Sitôt dans le lieu, les deux complices se mirent à attaquer un pilier qui résonna de la musique des coups portés. Un des mécréants maniait une masse sortie d'on ne sait où, et son rire ainsi que des bribes de chansons montaient jusqu'aux voûtes comme pour les faire éclater. Le second larron s'éloigna un peu pour s'affairer avec sa courte dague sur la statue d'un saint qu'il avait descendue de sa niche. Il tailladа de la pointe de son arme la gorge de pierre, faisant jaillir ainsi mille étincelles qui teintèrent les grands vitraux bleu et mauve de fugaces gerbes de cuivre.

Au bout d'un instant, ils s'arrêtèrent. L'un saisit de dessous son manteau une gourde de vin qu'il tendit à l'autre. On entendit les gorges boire. Autour d'eux, dans la froideur du lieu et le silence revenu, un brouillard de poussière mimait la marche d'infimes univers que des faisceaux de lumière, descendus des hautes fenêtres, rendaient pareils à de la poudre d'or.

Dehors, dans la torpeur blanche de l'après-midi d'été, la femme du carrosse s'éventait toujours. Trois corbeaux s'élancèrent de la flèche et chutèrent jusqu'à la rosace. Sur le parvis, un chat maigre miaulait au ciel.

Dans l'église, les compères avaient repris leur besogne. Le saint que le poignard était parvenu à décapiter gardait sur ses lèvres un sourire de grès. Par moments, le pilier frémissait. Les deux hommes frappaient de nouveau ensemble, et encore, et encore. Et puis soudain, dans un ultime coup, ce fut toute l'église qui rugit et répercuta le choc dans un effroyable écho. Les complices sous leurs loups échangèrent un rire. Et prirent leurs jambes à leur cou.

Tout trembla. Le pilier se replia sur lui-même, d'abord très lentement, puis s'effondra, se déconstruisit dans le glissement d'une géométrie monumentale. Du plafond se libérèrent des blocs énormes. Les piliers, un à un, se morcelèrent en tronçons crénelés qui se brisèrent au sol. L'énormité du vacarme paradoxalement confina au plus grand des silences.

Mais déjà, au-dehors, un invisible cocher avait fait claquer son fouet, et la voiture s'en allait à la diable. Le chat apeuré s'était jeté sous ses roues, et la femme, dans les bras des deux hommes. Les corbeaux tournoyaient dans le ciel au-dessus de la rosace devenue un nuage de cristal.

Un soleil d'une remarquable candeur illuminait le grand fracas de pierres.

Beata Désidério vécut au matin dans l'étrangeté de ce rêve qu'elle ne parvenait pas à comprendre, et tout le jour ainsi, et toute la semaine. Elle y pensa avec tant de constance qu'il lui sembla très vite avoir vécu la scène : les personnages lui devinrent familiers, ainsi que l'édifice dont elle faisait résonner en elle, jusqu'à éprouver un curieux trouble, l'écroulement grandiose.

De grands livres d'architecture furent ouverts, aux milliers de planches qui toutes rivalisaient de minutie et de beauté. Mais dans toutes les églises représentées, aucune ne ressemblait un tant soit peu à celle de son rêve. De même, à la cour, prenait-elle un soin qu'on ne lui connaissait guère jusque-là à dévisager les hommes, nobliaux de province aux bottes encore crottées de la boue de leurs terres, venus mendier quelques faveurs, ou grands du Royaume, empommadés et blanchis par les onguents, et qui déambulaient sous les portiques avec la suffisance hautaine de ceux qui ne sont rien, mais qui l'ignorent encore. D'aucuns se méprirent sur ce changement, et crurent qu'il indiquait que la jeune comtesse, enfin sortie de son veuvage et de son affliction, donnait ainsi la licence d'être de nouveau courtisée ; quelques audacieux furent vite détrompés ; elle continua à scruter les regards.

Néanmoins, jamais, malgré sa constance et ses efforts, Beata ne put reconnaître les deux visages de son rêve, entr'aperçus sous les loups vénitiens. Elle consulta des astrologues qui, après l'avoir écoutée, gardèrent un silence prudent. La comtesse ne recueillit d'eux que quelques sentences latines intraduisibles.

Beata Désidério n'osa confier son rêve à son confesseur, un jésuite borné comme un chasse-roue, qui voyait le Diable jusque dans les porcs éventrés à l'étal des boucheries. Le temps qui passait accrut son désarroi, ainsi que le vide de son existence qui, déjà bien grand avant la nuit du rêve, lui semblait avoir plus encore progressé jusqu'à ronger et corrompre ce qui d'ordinaire la divertissait parfois de son ennui

Le rêve en sa mémoire perdait de sa fraîcheur, mais non de sa force, et si la violence du songe demeurait, ainsi que les multiples détails de la scène comme par exemple les gestes des deux hommes, le bras nu de la femme au carrosse poussiéreux, la jeune femme ne parvenait plus que très rarement, et à chaque fois avec une peine accrue et une intensité moindre, à éprouver la trouble émotion née de son rêve, ce vertige fébrile qui nouait et dénouait ses entrailles quand les chocs des coups résonnaient sur le pilier, et que l'église s'anéantissait tout entière.

Afin de pouvoir à loisir éprouver cela, qu'elle n'avait jusqu'alors jamais connu, pas même lors des étreintes fatiguées du vieux comte qui l'avait épousée, Beata Désidério eut l'idée de faire peindre un tableau qui représenterait l'édifice ainsi que la scène exacte où les deux hommes commençaient leur besogne, l'un contre un pilier, l'autre contre la statue du saint.

Très vite elle convoqua des peintres parmi les plus renommés. La plupart l'écoutèrent puis déclarèrent qu'ils peignaient le réel et non le rêve. Elle acheta à prix d'or leur discrétion, craignant que leurs bavardages éventuels n'attirassent la curiosité d'un clergé pointilleux. Trois jurèrent qu'il ne leur faudrait que peu de temps pour exécuter l'œuvre. Beata Désidério les engagea, leur fit le récit exact de son rêve, n'oublia aucune nuance, aucune couleur, aucune frise de pierre, aucune saillie dans le pavement de l'église, et attendit dans la plus grande nervosité de pouvoir contempler le travail des peintres.

Les semaines pendant lesquelles dura l'attente ne la virent plus fréquenter la cour. Elle vivait comme une recluse dans son palais d'été, et même le paysage pourtant somptueux de ses jardins suspendus au-dessus de la mer, qu'elle pouvait tout à loisir embrasser du regard, ne suffit pas à la distraire. Beata Désidério vivait dans une église imaginaire, épiant deux inconnus masqués qui de leurs gestes incohérents avaient remué en elle un goût pour l'abîme et la chute, une étrange séduction pour le massacre gratuit et la révolte condamnée à se heurter au silence des choses.

Les trois peintres rendirent enfin leurs travaux. Beata, au prix d'une mise en scène longuement réfléchie, tenta de retrouver l'émotion du rêve. Des domestiques fermèrent les larges volets de bois d'une bibliothèque dans laquelle on disposa les trois œuvres recouvertes d'un drap noir. Près de chacune d'elles était posé un chandelier. Au signal de la comtesse, qui se tenait sur une bergère face aux chevalets, un domestique tira le drap tandis qu'un autre au même moment enflammait les mèches des bougies.

À trois reprises, pour chacun des tableaux, l'opération fut recommencée. Et à trois reprises, l'espoir de Beata Désidério de ressentir à nouveau le tiraillement des sens provoqué par le rêve culmina avant de s'effondrer.

La comtesse renvoya ses gens. Elle resta longuement devant les trois tableaux : c'était de médiocres copies, remarquablement exécutées, d'un modèle idéal qui n'existait qu'au fond d'elle-même. Elle n'aurait su d'ailleurs dire ce qui manquait à ces œuvres pour épouser son rêve : tout semblait en ordre, et l'édifice, et les gestes des deux hommes masqués. La précision des tableaux forçait l'admiration. Les peintres étaient parvenus à rendre les couleurs, les ombres, la violence des gestes, le ballet de la poussière dans les rais de soleil, la transparence des vitraux… mais Beata Désidério ne ressentait rien d'autre en les regardant que le respect pour un travail bien fait, et si c'eût été des scènes de chasse, des natures mortes chargées de coquillages et de grappes de raisin, elle n'en aurait été ni moins ni plus émue.

Après ce jour, la comtesse sombra dans une mélancolie profonde.

Le palais vécut au rythme de son engourdissement. Ce que les artistes n'avaient pu lui donner, elle le demanda au sommeil : on capitonna de vastes panneaux de liège, amenés à grands frais du royaume du Portugal, les murs et les fenêtres de sa chambre ; plus aucune lumière ne devait entrer, plus aucun bruit. Les domestiques eurent l'ordre de ne se déplacer qu'en glissant leurs pas sur des patins de feutre. Beata Désidério se livra à la nuit avec la foi d'une religieuse, espérant retrouver au hasard des songes qui en ces heures la visitaient l'église haute et blanche, la lumière du jour d'été, le carrosse, le bras blanc de la femme sans visage, la besogne des deux hommes aux loups vénitiens.

Refusant peu à peu toutes les nourritures, elle put à son aise, affaiblie, errer dans les états flottants que les sommeils profonds déclinent dans l'esprit des dormeurs. Recluse dans sa nuit perpétuelle, Beata Désidério en vint à ignorer le jour, à ne plus même saisir sa venue, ni sa fin. Une chambrière la baignait dans la plus parfaite obscurité, en l'absence de tout flambeau, et faisait couler sur sa peau une eau teintée d'encre de seiche.

Mais de cette palette de noirs qui, avec l'eau du bain, les draps aux teintes du charbon commandés à un soyeux de France, les rares nourritures avalées les yeux bandés, les miroirs ternis avec une suie grasse, l'habit nouveau et funèbre de tous les domestiques, composait comme un emblème à la monotonie de l'existence de la comtesse, rien ne surgit sinon des songes compliqués et douloureux, des sortes de redites déviées du rêve premier, mais qui jamais ne firent revenir dans le ventre et dans l'esprit de la jeune femme ce délicieux mariage de peur et de plaisir qui avait bouleversé son âme en même temps que sa chair.

Dans un des derniers éclairs de lucidité qui vint la visiter, la comtesse décida de s'en faire une raison et de revenir, dès le lendemain, à la vie de lumière, à l'épreuve qu'imposent à tous les hommes le cours des jours et le visage des vivants. Au profond de son lit, elle résolut de cesser sa quête dans l'herbier des rêves, certaine désormais qu'elle ne parviendrait jamais à ressaisir ce qu'elle cherchait.

Et c'est précisément durant la nuit qui succéda à ce moment que Beata Désidério retrouva ce que si longuement elle avait traqué : son esprit libéré du souci obsédant de la quête ne s'ouvrit au rêve qu'avec plus d'aisance et, soudain, elle voyageait dans un carrosse épuisé, sur une route déserte au milieu d'une campagne brûlée par la chaleur. Son bras passé par la fenêtre ajoutait à la blancheur des lieux la neige de sa peau. Devant les quatre chevaux fatigués qui tiraient la voiture marchaient deux hommes qui de temps à autre se retournaient vers elle et lui souriaient derrière leurs masques de velours noir.

Très vite, le convoi parvint devant l'église du rêve. Un des hommes l'invita à descendre et lui prit galamment la main tandis que l'autre dépliait le marchepied. Puis tous deux lui firent d'un signe du menton admirer la hauteur des deux tours qui perdaient leurs flèches dans un grand ciel très pâle où quelques corbeaux silencieux traçaient leurs lourds cercles. Un chat, qu'elle ne vit pas, miaula dans l'encoignure du porche. Au-dedans, la pénombre de la nef ainsi que sa fraîcheur firent courir sur la peau de la comtesse la morsure d'un frisson. Quand ses yeux se furent accoutumés à l'obscurité des lieux, elle reconnut en un instant le décor du songe, rien ne manquait : c'était les mêmes couleurs, les mêmes motifs, les mêmes ombres que ceux saisis naguère. La scène se rejouait devant elle. Mieux encore, cette fois, elle y participait. Le curé et le bedeau disparurent dans la sacristie. Les deux complices s'approchèrent du grand pilier, la menant avec cérémonie jusqu'à son pied crénelé.

Peu à peu, à mesure que se répétait l'ordre du rêve, Beata Désidério sentait revenir en elle cette émotion particulière dont l'incessante recherche l'avait fait renoncer au siècle et au jour. Indistincte, confuse encore, elle n'en grandissait pas moins avec une force que rien désormais, elle s'en persuadait, n'aurait pu entraver.

L'un des hommes s'inclina devant elle, puis fit quelques pas vers un confessionnal pour aller y chercher une masse avec laquelle il commença à frapper le pilier. Le premier coup claqua comme un tonnerre et son écho gifla les vitraux, les voûtes, les tuyaux muets des orgues, les grands luminaires de vermeil aux pendeloques de cristal pour aller prolonger sa course en une onde furieuse lancée jusque dans les membres de Beata, dans ses vaisseaux et ses muscles, et son ventre lui parut devenir, au terme atténué de l'écho, le siège d'une grande tempête qui la fit soudainement se pâmer. Et cela recommença, recommença, un deuxième coup, puis un troisième, un quatrième, et tous les suivants, et pour chacun d'eux, le même trajet de l'onde qui menait aux entrailles, et livrait la comtesse à un trouble grandissant qui lui faisait oublier jusqu'au nom même de Dieu, sous l'exhortation des deux hommes, dont les regards glissant entre les jours en amande des loups de velours paraissaient de fines lames de poignards.

On but du vin à même la gourde de peau. La comtesse offrit ses lèvres au liquide violet, le visage chaviré, les yeux mi-clos. Les deux hommes lui baisaient les mains et se riaient l'un à l'autre. À ses pieds, sans qu'elle sût comment elle était parvenue là, la statue du saint gisait couchée sur le damier noir et blanc du pavement. Elle eut alors un frémissement d'effroi en voyant le visage du saint et comme si par magie les deux hommes avaient pu lire dans sa pensée avant même que celle-ci ne fût parfaitement formée en son propre esprit, ceux-ci glissèrent dans sa main une courte dague au manche brûlant.

Le saint regardait Beata Désidério de ses beaux yeux de grès, et sa beauté de pierre donna à la jeune femme la conscience de sa propre fragilité de chair, de l'oubli à venir de sa propre beauté, du silence qui envahirait au fil des jours et des années tous les miroirs contemplés qui ne diraient plus le rayonnement du teint, ni la lumière des lèvres.

Le premier coup qu'elle porta à la gorge de la statue ne l'entama qu'à peine. Le métal tira de la pierre des éclaboussures d'or qui rendirent davantage encore la splendeur solennelle du sourire du saint. La comtesse, au coup porté, se sentit comme envahie d'un flot de poix, qui la submergeait, tout en semblant s'écouler hors d'elle. Bientôt sa main s'affermit autour du manche de la dague qui lui brûlait la paume. Elle frappait avec une rage libérée, n'existant plus que dans le geste qui la faisait décapiter ce qui jamais ne vit ni ne meurt. La gorge du saint s'ouvrait à l'entaille, mais le visage ne perdait pas son sourire. Beata Désidério sentait une douleur liquide couler le long de ses flancs et, dans un curieux mouvement, cette même douleur paraissait la remplir, lui procurer une légèreté spectrale et la mener vraiment à ce sentiment mêlé de peur et de vif plaisir qu'elle avait connu dans le premier rêve.

Au moment où la tête du saint se détacha du corps de la statue et roula sur le sol de l'église, la comtesse chercha du regard les deux complices qu'elle vit très vaguement se précipiter en riant vers le portail tandis que tout autour d'elle l'édifice commençait à se déconstruire dans un épouvantable fracas, et que son ventre battait au rythme merveilleux du chaos de pierre qui tombait des voûtes en paraissant l'enterrer sans la meurtrir.

Puis, le sommeil reprit ses droits, elle sombra dans son néant.

Le jour suivant, le soleil donnait à la mer que l'on voyait du haut des jardins en terrasses des allures d'ardoise. Le palais fermé gardait en ses murs la noirceur d'une nuit continue, ignorante de l'écoulement des heures et du rythme des saisons. Tout dormait encore. La chambrière qui vint pour réveiller la comtesse ne la trouva pas dans le lit aux draps de charbon. Elle en avertit le majordome qui prévint sa troupe de laquais. Tous, glissant dans le silence de leurs patins de feutre, et sans mot dire, visitèrent chaque pièce, et c'était un étrange ballet que de voir ces silhouettes des ténèbres allant muets et pressés dans la pleine obscurité d'un palais clos, par un jour lumineux d'été.

On finit par découvrir la comtesse Beata Désidério dans la bibliothèque où l'on avait laissé sur leurs chevalets les trois tableaux de commande. Étendue sur le sol au pied des peintures, elle tenait encore dans sa main décharnée un court poignard avec lequel elle s'était tailladé la gorge et ouvert le ventre. Son corps, d'une grande splendeur quoique fort amaigri, semblait flotter dans un nuage de sang.

Quant aux traits de son visage, lisses, et à la beauté de son regard ouvert par un très doux sourire, ils faisaient songer à quelque figure de bienheureux que les sculpteurs taillent dans des pierres tendres et roses, et dont ils ornent les niches oubliées d'églises à l'abandon, que l'étouffante chaleur pousse parfois, et comme par mégarde, à visiter, car le promeneur un peu las du cours de son voyage sait y trouver une fraîche quiétude propre à la rêverie et à la méditation.

Panoptique

Nous sommes détenus dans un vaste édifice aux multiples entrées. Des grilles en forme de soupirail amènent jusqu'à nous des écharpes de jour. Tombant des hauts plafonds de pierre, des chaînes se tissent dans les gorges d'antiques poulies. Elles pendent au vent sans qu'aucun d'entre nous ne connaisse leur utilité.

Nous sommes dix ou dix mille. L'édifice est immense. On ne sait quand il fut construit, ni même pour quel usage. Les gardiens passent bien au-dessus de nos paillasses, sur les balustrades et les créneaux, et jettent vers nous des regards que nous distinguons à peine. Des escaliers partent du sol et s'élèvent dans un jeu complexe d'entrelacs et de dérives, virent autour de murs circulaires, se rejoignent, se divisent, s'entrecoupent, mais finissent par n'aboutir nulle part. Rien ne sert de les emprunter, sinon pour ceux qui aiment la marche inutile et l'art de revenir sur leurs propres pas.

Il y a l'ombre, et la lumière. La lumière, qui tombe des meurtrières étroites condamnées par des fers en entrecroise, touche les lambeaux de noirceur et de silence. On ne sait si elle provient d'un soleil.

Nous sommes les prisonniers d'une architecture singulière qui paraît tellement démesurée et sans fondement que nous nous demandons parfois si elle ne se dresse pas simplement dans nos faibles cerveaux. La plupart d'entre nous ignorent l'objet de leur condamnation, mais nous sentons tous qu'elle est perpétuelle.

Les gardiens si hauts, si loin de la paille sur laquelle nous dormons n'exigent de nous aucun travail. Nous n'avons jamais faim. Nous buvons peu. Les effritements de jour versés par les soupiraux ne faiblissent jamais. Le temps paraît oublier l'édifice dont les voûtes résonnent du bruit des chaînes dans les assauts de vent et du grincement des poulies.

Nous sommes des milliers. Nous sommes deux ou trois. Nous ne voyons jamais l'autre, celui qui se trouve comme nous dans le cachot voisin. Nous ne l'entendons pas. Nous savons qu'il est là, et qu'il regarde les appareils de pierre, les dessins des chaînes, les meurtrières et les faisceaux de lumière dans lesquels la poussière en mouvement esquisse des poèmes.

Nous ne connaissons ni l'ennui, ni la peine, ni la souffrance, ni la joie. L'édifice est si grand que des milliers de vies humaines ne suffiraient pas à le décrire dans ses détails. Le regarder occupe tous nos instants de veille. La nuit, dans notre sommeil, nous rêvons souvent d'une formidable architecture faite d'escaliers qui s'enchevêtrent, de murs en pierre immenses et de plafonds en voûtes colossales. Dans ce lieu imaginaire, les lignes de chaînes à gros maillons se coupent et triangulent un espace que la lumière en minces faisceaux clairs fragmente un peu plus encore.

Quand nous nous réveillons, nous prenons conscience que tout cela n'était qu'un songe. Nous retrouvons le paysage familier de notre geôle, ses murs infinis, ses cintres, ses soupiraux barrés, ses escaliers qui ne conduisent à rien d'autre qu'à eux-mêmes ; les chaînes et les poulies, les balustrades où se promènent nos gardiens dont les visages sont pour nous autres inaccessibles, la lumière d'un jour où nous ne sommes plus depuis bien longtemps, tout cela nous ramène à notre quotidien imperturbable.

Nous sommes quelques-uns. Nous sommes tout un peuple. Nous sommes les prisonniers d'un faux pas ou d'un égarement ; nous sommes enfermés dans les moments perdus de vies mal écloses.

L'édifice a l'ampleur des univers. Il nous faut y demeurer sans vraiment savoir ce qui nous a contraints d'y venir. Parfois, en fixant les stries de lumière qui coulent des soupiraux, en les fixant des heures, des jours, nous croyons que la nuit soudain envahit nos regards. Alors pendant quelques instants nous ne voyons plus rien : plus de murs, plus de chaînes, de poulies, de voûtes, d'escaliers, de chemins de ronde et de meurtrières… plus rien d'autre qu'une brûlure noire sur nos pupilles.

Mais cela ne dure jamais bien longtemps.

Gueux

Au matin, j'éteignais le feu d'un coup de talon. Et pissais dessus

C'était toujours dans de noires forêts, au bord de routes à peu près inconnues et que les égarés comme moi empruntaient de saison en saison. Entre frères de misère, le salut était bref : un signe de la tête, quelques mots échangés dans une langue ou l'autre, pas de questions gênantes. Certains trafiquaient le sel ou le tabac, quelques-uns fuyaient une vie qui ne voulait plus d'eux ; d'autres, longeant le monde des hommes, se donnaient des raisons d'espérer en esquivant les échafauds promis pour quelque mauvais coup. Tous avaient de bonnes raisons de se mener aux brumes et aux fourrés, dans les cris des bêtes et les roulements d'eaux.

Refaire le sac, chaque matin un peu plus maigre

et sale, se frotter la gueule sur la rosée des herbes, écraser le feu, et les doigts noirs du charbon et de la crasse, peigner les cheveux entremêlés d'herbes mortes. Rien à boire.

Puis, le départ, dans le bruit neuf, sans qu'aucune direction ne soit jamais vraiment préméditée si ce n'est celle du vent ou des songes, d'une humeur qui me faisait ignorer les rumeurs des villes et l'œil torve des paysans en leurs champs, toujours prompts aux coups de fourche. Esquiver son prochain.

L'hiver n'était maintenant guère loin, et le foin des granges bientôt se fermerait aux vagabonds de mon espèce. Quant à la neige, cette catin, elle aiderait les gendarmes à retrouver nos traces. Alors, bonjour les cabriolets de fer, litières puantes, soupes d'eau et d'épluchures de choux, geôles où même la lumière de la lune hésite à entrer ! En ne faisant pas attention au plus petit des bruits, je me retrouverais bientôt avec des pouilleux et des infirmes à me battre pour de l'air.

Pisser encore sur le feu. Plus de traces. Refaire le sac, mâcher le morceau de pain qu'une servante rousse dans la dernière auberge m'avait glissé quand je quittai sa couche, comme un voleur, voilà déjà bien longtemps, avec son sourire et ses seins de lait énormes.

Sur mes doigts aujourd'hui, la fumée a laissé un parfum de bois brûlé qui ressemble à celui de sa fourrure quand j'y avais mis les lèvres. L'auberge était belle sous le chèvrefeuille finissant et la treille, les draps frais, la servante douce comme le revers d'une soie de Chine. Que le mari n'était-il mort à la guerre !

Épuisé, je longe des fleuves avec dans mon cerveau des rêveries de printemps couvert d'anémones, des potées de jambon et de saucisses serties de pichets de vin blanc de Moselle. J'entends dans mes poches la musique de quelques vers qui s'entrechoquent avec trois boutons de corne et un briquet d'amadou. En m'allongeant sur les mousses qui suintent me reviennent les soupirs de la servante rousse et son humidité de source.

Taper vraiment sur le feu, pisser encore, refaire mon sac bien trop léger et me frotter la barbe comme si aujourd'hui l'univers avait dressé pour moi sa potence. Y aller.

Je peine dans des labours. Au loin, des chiens de ferme saluent ma route et me forcent à me tapir au couvert des halliers. À la fin de la journée de marche, envieux, j'observe vers l'heure où le jour se rend soudain des faces de brutes dans les cuisines qui lampent à la chandelle dans des écuelles de faïence les soupes grossières, brûlantes, et rient de leurs trognes tannées.

J'ai froid. Il bise dru. Ohé Gaspard ! Où est ma couche ? Demain, je serai mort comme plus d'un, dans un grenier ouvert au gel, une ornière des fossés, sur la trace d'un miracle roux aux seins de courtisane, et qui m'aura fait, dans ma faim délirante, lancer mes hardes dans la nuit et courir dévêtu comme pour me perdre dans les replis de son ventre.

Gendarmes, bourgeois, maire, médecin et curé appelés pour le constat lorgneront sur mon corps nu et bleu, en boule dans la boue figée des routes, sous les aiguilles des sapins, contre la pauvre niche d'un bâtard mort comme moi, « Encore un de rendu ! », et voilà pour tout sermon et jugement. On appellera le pelleteur, qui, tout en râlant, entrouvrira pour moi la grande fosse avant de me poudrer de chaux.

Mais moi, j'irai alors chevauchant les étoiles et les balustres des minarets, en croupe derrière ma servante retrouvée dont les cheveux de flammes et d'or, dans la nuit pour toujours devenue claire, seront tous mes regards.

L'autre

Eugène Frolon recommanda sa femme et ses trois filles à la Vierge Marie, puis partit sur les routes en direction du sud. Il laissait derrière lui une existence calme, un commerce florissant de cordages en gros, ainsi qu'une réputation sans tache qui avait fait de lui un des citoyens les plus respectés de la sous-préfecture de C.

Des poèmes aux titres étranges avaient eu raison de son confort paisible en précipitant ce grand changement qu'on attribua par la suite à un subit accès de folie.

C'était en mai, quelques mois avant son départ, au cours d'une soirée chez Mme Oiselet, la pesante femme du notaire qui se piquait d'être poétesse, tandis qu'au piano le bâtonnier Chaubert estropiait d'un air profondément inspiré une mélodie de Chopin, que Frolon avait feuilleté avec désinvolture une revue littéraire, *La Vogue*, qui publiait sous les auspices de son directeur, un certain Kahn, quatre poèmes d'un auteur ınconnu répondant au nom de Jean-Arthur Rimbaud :

Quand le monde sera réduit en un seul bois noir pour nos quatre yeux étonnés, — en une plage pour deux enfants fidèles, — en une maison musicale pour notre claire sympathie, — je vous trouverai.

Ces quelques lignes et d'autres, lues dans un premier temps d'un regard léger, firent sur Frolon l'effet d'un cataclysme. Il eut soudainement l'impression, effroyable et chaleureuse à la fois, que la terre se dérobait sous ses pieds et que sa chute provoquée par quelques mots l'amenait vers les aspects les plus profonds et les plus secrets de son cœur, comme si ce poète qu'il ne connaissait pas en savait davantage sur son âme que sa propre épouse, qu'il chérissait, ou que lui-même.

Un grand trouble s'empara du marchand après cette soirée. Il en devint taciturne. Sa vie lui apparut soudainement, sans qu'il eût pu dire pourquoi, comme une vaste coque vide et creuse qui résonnait d'un bruit bête, et que rien ne parvenait plus à remplir.

Dans ses entrepôts, il lui arriva de passer de longs moments immobile devant les monceaux de cordages. Son goût pour son travail s'émoussait.

Il n'osa s'ouvrir de cette mélancolie à personne, certain qu'on lui eût fourni des réponses fabriquées sur le manque de fondements du sentiment qu'il éprouvait, compte tenu de sa réussite bourgeoise et de son bonheur familial.

Frolon s'interrogea aussi longtemps sur le pouvoir des quelques poésies, qu'il relisait presque en cachette, et sur l'influence qu'elles prenaient, abruptement, sur sa vie, lui qui n'avait jamais été grand lecteur.

Par l'entremise d'un ami libraire, il parvint à se procurer les cinq numéros de *La Vogue* parus en cette année 1886.

La vue du petit paquet qui arriva un matin, protégé par un fort papier gris, lui donna des frissons de jeune amoureux. S'enfermant alors dans ses bureaux, il put ainsi lire, dans un silence mystique, des phrases insoupçonnables qui lui parlaient de lui et des effrois du monde, et le faisaient un peu plus, à la lecture de chaque poème de cet étrange Rimbaud, approcher un frère absent.

Il eut le désir de confier à cet homme tout ce que ces lectures lui faisaient confusément ressentir mais, ne connaissant ni son adresse, ni la ville où il résidait, Frolon se contenta d'envoyer une lettre au directeur de la revue, qui assez rapidement lui répondit en ces termes :

Très cher Monsieur,

Je suis flatté de l'intérêt que vous prenez à lire notre modeste publication et en particulier les poèmes de Monsieur Rimbaud. Sachez qu'ils font partie d'un recueil que le poète a nommé Illuminations, *et qu'un sien ami m'a confié, il y a quelque temps.*

Quant aux renseignements que vous me demandez sur leur auteur, je serais bien en peine de vous répondre : cet artiste est aussi insaisissable que ses vers. Voici plusieurs années qu'il a quitté la France pour faire fortune dans la péninsule arabique, ainsi qu'à Harrar, aux confins de l'Abyssinie où, si l'on en croit les rares nouvelles qui parviennent à certains de ses proches, il séjournerait encore. On me dit aussi qu'il a absolument cessé d'écrire de la poésie, ce qui en regard de son âge, jeune encore — il a trente-deux ans —, et de son talent est pour le moins singulier.

En espérant que ces maigres renseignements vous satisferont, et restant votre dévoué... etc.

A. KAHN

La réponse dépita Frolon en même temps qu'elle le confortait dans sa ressemblance avec le poète : tous deux avaient le même âge. Mais c'était là une fin définitive à son projet de correspondance ou de rencontre.

Il pensa que cette lettre mettrait un terme à son agitation mais, comme s'il était victime d'un mal inconnu qui le gouvernait tout entier, dès les jours suivants, et cela pendant des semaines, il s'enferma dans les cartes et les atlas, les horaires des chemins de fer et ceux des compagnies maritimes. Il rêvait d'Arabie et de déserts, mesurait les distances, apprenait le nom des ergs, calculait les journées de marche, s'imaginait parfois sous les traits mats d'un méhari altier, s'endormait sur son bureau bercé par le pas noble et cahotant des dromadaires.

Sa femme n'osait lui faire remarquer que son commerce commençait à souffrir de ses rêveries secrètes. Ses filles l'agaçaient lorsqu'elles voulaient venir sur ses genoux.

Seule le calmait de sa morosité la lecture des

poésies de Rimbaud. Il savait par cœur la plupart d'entre elles, et, lorsqu'il se les récitait, l'impression que son corps entier se mouvait d'un sang neuf lui chavirait les sens.

Quand il avait tenté de faire partager à sa femme ses sentiments, en lui lisant l'une d'elles intitulée *Promontoire*, elle avait écouté, sérieuse à l'extrême, debout dans l'embrasure d'une haute fenêtre, puis, partant d'un rire léger, lui avait dit : « En effet, c'est très mignon… », sur le même ton qu'elle eût employé pour parler d'une étoffe, d'un dessin d'enfant, d'un numéro de cirque, d'une gravure de mode ou d'un concert de l'orphéon municipal.

Il en fut atterré.

Et pour la première fois de sa vie la détesta. Si sa propre femme le comprenait si peu, à quoi bon demeurer…

Son projet, jusqu'alors rampant, fut arrêté et la résolution prise sur l'instant : il partirait. Il irait trouver ce Rimbaud.

Pour quoi lui dire ? Il n'en savait au juste trop rien. Mais il pressentait que ce voyage serait peut-être la seule façon, et aussi la dernière, de donner à sa vie un autre dessein que celui d'une éternité creuse emplie seulement de kilomètres de cordages vendus, de soirées à se mourir d'ennui chez la notabilité de C., d'étreintes sages dans l'obscurité d'encre de la chambre conjugale.

Quand il avertit sa femme de son projet, elle n'en fut pas surprise mais soulagée. Voir partir son mari à pied pour la lointaine Arabie était selon elle le plus sûr moyen d'assister à son retour deux jours plus tard, le ventre creux, l'habit crotté, épuisé par une vie errante qu'il n'avait jamais connue. Mieux valait, pensait-elle, le laisser crever tout seul sa sotte lubie comme une baudruche que de lui en montrer inutilement tout le ridicule.

Frolon partit un matin de septembre, très tôt. Dans sa tête, comme vociférés par des cohortes d'anges, résonnaient les vers définitifs de *Départ* :

Assez vu. La vision s'est rencontrée à tous les airs.
Assez eu. Rumeurs des villes, le soir, et au soleil, et toujours.
Assez connu. Les arrêts de la vie. — Ô Rumeurs et Visions !
Départ dans l'affection et le bruit neufs !

Il partit donc, mais en silence, tandis que ses filles dormaient encore et après avoir déposé un baiser sur leur front.

Il salua avec de grands gestes de la main sa femme en pleurs qui se tenait sur le perron de sa belle demeure au toit d'ardoise et qui, à mesure des pas, devenait un petit point blanc, un soupçon de créature, et puis plus rien.

Son bagage était léger et tenait dans un sac à dos qui lui donnait une allure tout à la fois militaire et juvénile. Il s'était fait couper pour l'occasion un habit en drap vert, dont le tailleur lui avait personnellement garanti la robustesse. Un bâton de marche, un chapeau de peintre à larges bords, une paire de souliers de rechange, du linge de corps et les poèmes des *Illuminations* que le directeur de la revue *La Vogue* avait enfin fait paraître en volume constituaient tout son bien désormais, auquel il fallait ajouter un fort pécule qu'il dissimulait dans son maillot.

Eugène Frolon s'imposa la marche à pied comme une épreuve. Il répugna à prendre tout autre moyen de locomotion pour gagner Marseille, distante de C. d'environ huit cents kilomètres.

Son voyage commencé dans une fin d'été superbe s'acheva devant le Vieux-Port un jour gris d'octobre, parmi les relents de goudron et le cri des mouettes, à deux pas d'un marin vomissant sa tripaille et son *schnick*.

Assis contre de vieux tonneaux, Frolon regarda la mer hérissée d'une petite houle qui lui donnait par instants des allures nuageuses. Il huma le parfum du sel, des embruns et des poissons qui achevaient de pourrir sur les quais comme s'il s'était agi d'une senteur de paradis.

Voilà sept semaines qu'il était parti de chez lui. Il se sentait déjà un autre homme, comme décrassé, frotté, candide face au monde et aux hommes.

L'ancien marchand habitué à la chère délicate et au linge blanc avait emprunté des routes de traverse, aidé des paysans à pousser des carrioles dans des côtes boueuses, dormi dans des granges emplies de foin mêlé de serpolet. Il avait partagé le pain noir et le vin avec des charbonniers dans des forêts profondes toutes pénétrées de mystère. Et souvent, en traversant les provinces de France, il avait senti à ses côtés comme l'ombre d'un frère invisible, et qui semblait lui tenir la main, et plus encore lui ouvrir la voie.

Parfois, certains soirs, accueilli dans l'unique pièce d'une masure et invité à partager la soupe, il avait lu à des faces rougies par les soleils, la bêtise et les vents, quelques poèmes parmi ses préférés, *Aube*, *Après le déluge*, *Phrases*, et il lui avait paru, à la faible lueur des flammes de l'âtre, voir les yeux de ses hôtes s'illuminer vraiment à cette lecture, toujours suivie d'un grand silence.

À Marseille, Frolon prit une chambre dans un hôtel pour marins qui donnait sur les quais. Il s'enquit des bateaux en partance pour Tunis, prit un billet de troisième classe à bord du *Charlenaire*, de la compagnie Pipin & Sorensol, qui appareillait le surlendemain.

Les deux journées précédant son départ lui parurent être des siècles. Il les passa à écrire une brève lettre à sa femme dans laquelle il lui disait que tout allait bien et qu'il était heureux, et à compléter son bagage en prévision de son périple africain. C'est ainsi qu'il fit l'acquisition de tout un vain fatras d'objets dont un vendeur souriant et au débit intarissable lui avait démontré l'absolue nécessité pour qui voulait affronter les étendues de l'Afrique.

Enfin, le jour du départ arriva. Il monta à bord, la gorge nouée.

En franchissant le pont de planchettes, il lui parut entrer dans une vaste église dont les vitraux colorés avaient été remplacés par d'innombrables écoutilles, et dont les flèches de pierre s'étaient muées en cheminées vernies.

Il régnait à bord une frénésie qui donnait la fièvre. Des hommes se heurtaient, le dos ployé sous des fardeaux impossibles, des ordres étaient criés dans des cornets de cuivre qui les répercutaient comme sous des voûtes prodigieuses. Les officiers en rang sur le pont surveillaient les manœuvres d'embarquement et l'on aurait dit les prêtres inspirés et recueillis d'une religion aux fidèles grouillants.

Tandis que Frolon, un peu abasourdi, aménageait sa couche de troisième vint près de lui un bon curé au visage rond, qui portait l'habit des pères blancs.

« Que le Seigneur vous bénisse, mon fils, dit le curé à l'adresse de Frolon.

— Qu'Il vous en rende grâce, mon père », répondit celui-ci.

Le prêtre avait acheté la place voisine de la sienne, et tous deux commencèrent à parler. Le religieux rejoignait sa mission dans le Sud tunisien. Il était venu passer quelques mois en France pour récolter des fonds destinés à la construction d'un puits.

« La quête a été maigre, savez-vous, la générosité se perd, mais enfin la somme que je transporte sera peut-être suffisante… » Le propos était accompagné d'un tel soupir de désolation que Frolon se sentit coupable d'un imaginaire péché, et sortit de son maillot un billet. Il le donna au religieux dont le visage alors s'ouvrit de nouveau sur un lumineux sourire.

« Et vous mon fils ? Qu'allez-vous faire chez le Bey ? »

Frolon soupçonna le prêtre d'être aussi sensible aux poésies de M. Rimbaud que sa propre épouse et la bonne société de C. Aussi préféra-t-il se laisser aller à un sinueux mensonge que son offrande avait de toute façon par avance racheté : un associé l'attendait à Tunis pour créer un commerce en gros de graines et de denrées non périssables.

Le voyage dura deux jours et deux nuits.

À voir les milles disparaître dans le sillage écumeux du navire, Frolon se prenait à penser que c'en était fini du Vieux Monde, et de sa vieille vie à lui. L'eau entraînait avec elle dans la profondeur de la mer le connu de son existence et ses saveurs trop fades. Il songeait que dans les tourbillons de l'hélice, c'était son passé de grisaille et de médiocrité qui se voyait happé, fendu, découpé et anéanti à jamais.

Au contraire, quand il allait sur le bastingage avant du navire perdre son regard dans l'éblouissante clarté de l'horizon, et que des gerbes d'eau âprement salée s'abattaient sur ses joues, et que de grands poissons en bandes rivalisaient de vitesse avec l'étrave en y frottant leur corps et leur brillance, il pensait voir *Les chars d'argent et de cuivre*, *Les proues d'acier et d'argent* ouvrir des jours vierges, des jours où chaque heure, essentielle, serait nimbée d'une immarcescible grâce.

Le père blanc, en habitué des traversées maritimes, fut utile à Frolon par cent conseils pratiques concernant la vie sur un bateau, et lui parlait du désert à lui en tuer les oreilles. Mais l'ancien marchand aurait pu entendre toutes les niaiseries à ce propos sans protester. Quand il demandait au prêtre s'il connaissait Harrar et Aden, celui-ci secouait la tête, surpris :

« C'est très loin, savez-vous, très loin… nous n'avons pas de missions là-bas. »

Frolon n'insistait pas, mais ce « très loin » amenait dans son esprit des rêves aux tons de miel, confus et sublimes, qui le laissaient à demi chose.

L'arrivée du *Charlenaire* était prévue vers quatre heures du matin au port de Tunis. La veille au soir de ce jour, au moment de s'endormir, le prêtre rassura Frolon :

« Allez, ne vous en faites pas, dormez sur vos deux oreilles, je vous réveillerai quand il sera temps. »

Frolon s'installa, ramena la couverture jusqu'à son menton et s'endormit la tête posée sur sa veste qu'il avait roulée et dans laquelle le volume des *Illuminations* formait comme un cœur dur.

Le soleil était déjà haut dans le ciel quand il ouvrit les yeux. Le bateau était étrangement calme. Tout le monde avait débarqué. Frolon se réveilla tout à fait et s'aperçut que son bagage n'était plus à ses côtés, pas plus d'ailleurs que son compagnon de voyage. « Il aura dû aller sur le pont m'attendre. » Mais le pont était aussi désert que la cabine, et Frolon peu à peu commença à ressentir un surprenant sentiment d'abandon et de dépit.

Il resta debout, en pleine lumière, de très longues minutes, son volume des *Illuminations* à la main. Encore ensommeillé, abasourdi par la chaleur naissante et le désappointement. Il venait de comprendre que le faux prêtre lui avait volé son bagage, que son pécule n'était plus dans son maillot, et que désormais le livre de poèmes était son seul bien.

Il faisait très chaud. Le ciel tournoyait. On percevait au loin et de manière très confuse, comme brouillée par un filtre, la rumeur d'une grande ville et des senteurs inconnues de pauvreté et d'épices. Frolon n'avait pas bougé quand une main s'abattit sur son épaule.

« Débarquez voyons, débarquez, qu'attendez-vous ? » Un homme en uniforme, le second du navire, lui adressait la parole ; il ne l'avait pas entendu venir. Frolon parvint après quelques minutes à lui raconter sa mésaventure. L'autre écouta d'un air un peu amusé.

« Ainsi, il était sur notre bateau, le bougre, il est connu dans tous les ports, on le surnomme *Caméléon*, à chaque fois, un autre déguisement, et hop ! Oh… mais rassurez-vous, vous n'êtes pas le premier à vous faire avoir, ni le dernier d'ailleurs ! Pensez donc, un prêtre, on lui donnerait le bon Dieu sans confession, sans vous offenser… Je ne voulais pas en rire, mon pauvre monsieur… Bien, il ne vous reste plus qu'à aller voir le commissaire, c'est à la capitainerie du port, je vous accompagne ! »

Frolon se laissa mener comme un enfant par l'officier jusqu'au bureau de la police portuaire.

Là, un petit homme sec et cireux dont les lèvres s'ornaient d'une moustache lissée de salive sacrifiait déjà malgré l'heure matinale à la cérémonie de l'absinthe avec le sérieux d'un officiant.

Il contemplait le sucre se déliter sous la chute du filet d'eau qu'il versait, tout en s'épongeant le front avec un grossier mouchoir à carreaux. C'était le commissaire.

Le verre à la main, le regard altéré par un voile rouge, il écouta le récit de Frolon. « Bien, bien, bien… », ne cessait-il de répéter après chaque phrase. Quand tout fut dit, le commissaire tint à le rassurer : « Nous l'aurons, je vous le garantis, vous avez ma parole, nous l'aurons, cela prendra trois jours, trois mois, ou trois ans, peut-être davantage, mais nous l'aurons, je vous en fais le serment ! » Il se leva pour se préparer une nouvelle absinthe. Il en offrit une à Frolon, qui refusa.

« Remarquez, ce n'est pas que j'aime plus que cela, mais pour moi, comprenez-vous, c'est médical ! J'en bois sur ordre de la Faculté. On m'assure ainsi que mes palpitations cardiaques s'en trouveront calmées. Ah le cœur, le cœur, vous voyez, cher monsieur, nous avons tous notre croix à porter !

« Bon, bien, bien, bien… si je résume, il ne vous reste rien d'autre que ce que vous avez sur le dos et puis ce… ce livre-là… un recueil de poèmes dites-vous, ah la poésie… la poésie… moi aussi, savez-vous, j'aime la poésie, j'en connais certaines sur le bout des doigts, le plus grand, voyez-vous, cher monsieur, le plus grand poète de notre siècle, ce n'est pas Hugo quoi qu'en disent certains, ce n'est pas Lamartine, ni même Musset, non, le plus grand, c'est Gustave Nadaud ! Quel talent, voilà un vrai génie ! Il a surpassé Béranger ! »

Le commissaire se leva avec précipitation, renversa à demi son verre d'absinthe sur son faux col crasseux, perdit son regard à la façon d'un comédien du Français dans un vieux calendrier accroché au mur, inspira une grande bouffée d'air, toussota, cracha dans un cendrier, leva la main droite vers le plafond, ferma les yeux, et déclama d'une voix ténébreuse :

« *Quand les mouettes sont dans les airs*
Elles poussent des cris, cri-cri, cri-cri...
Tandis que dans l'eau de la mer
Les gros poissons font glou-glou, glou-glou !

« Épastrouillant, n'est-ce pas ? Ça c'est de la poésie vraie, cher monsieur, je vous en fiche mon billet ! »

Frolon, abasourdi, regardait le petit corps du commissaire qui tremblait sous l'effet de la chaleur, de l'alcool et du quatrain de Nadaud. Sa bêtise assurée parvenait presque à faire oublier à l'ancien marchand la mésaventure dont il venait d'être victime. Le commissaire, qui s'était rassis entre-temps, reprit :

« Bien, bien, bien… nous allons donc dresser procès-verbal… mais avant toute chose, il serait bon que j'alerte au plus vite les vôtres afin qu'ils vous viennent en aide. Dites-moi donc qui je dois faire prévenir ? »

Frolon sentit un curieux élan, une sorte de lame le fendre en son entier, lui parcourir le corps, et il s'entendit répondre, comme si un autre parlait pour lui sans qu'il pût le faire taire :

« Il n'y a personne… plus de famille… tous morts… je n'ai personne… »

Le commissaire devint songeur :

« Embêtant… embêtant… personne, personne, bien, bien, bien… embêtant cela !

— Non, plus personne », reprit lentement Frolon qui, tout en prononçant ces mots, voyait le visage de sa femme et celui de chacune de ses filles lentement disparaître, mangés qu'ils étaient par la surface terne d'une eau de marais. « Plus personne… », et les visages effacés par l'eau noire, désormais sans regards, sans paupières et sans yeux, sans cheveux et sans peau, sans lèvres, les visages qui n'en étaient plus, qui n'étaient plus rien que des contours, des membranes délitées, s'engloutissaient dans la vase de l'étang, dans le marais de l'ancienne vie de Frolon pour y sombrer à jamais.

Le commissaire griffonna sur un papier quelques mots, se servit une autre absinthe qu'il but cul sec, tendit la feuille à Frolon : « Tenez, cela vous aidera dans un premier temps. Et puis ici, le travail ne manque pas, allez, ne vous en faites pas ! *Quand les ennuis tombent sur l'homme / Lui reste toujours une pomme…*, toujours Nadaud, mais vous aviez reconnu, naturellement ! »

La lettre le recommandait à l'asile des pauvres, où le second du navire lui assura qu'il pourrait passer quelques nuits. Il l'y accompagna, mais le quitta à la porte en lui serrant la main comme le font les Anglais.

L'ancien marchand passa deux nuits dans ce lieu tout de blancheur : à ses côtés, des infirmes et des malades aux ventres démesurés gémissaient sur des paillasses. La lecture charitable de quelques vers ne s'avéra d'aucun effet sur leur douleur.

Pour la première fois de sa vie, Frolon se retrouvait au milieu des nécessiteux, de la plus pâle misère du monde qui a toujours, quelle que soit sa latitude, une odeur aigre de lait caillé et d'excréments.

Étendu sur un lit de chanvre parmi les plaies ouvertes sous un grand et beau ciel perpétuellement bleu, ses yeux ne rencontraient que des balafres noircies par un ballet de mouches qui les pompaient ainsi que des corolles gorgées de suc. Et devant cette misère, devant la souffrance palpable au bout de ses mains, devant ses regards dessillés, Frolon sentait qu'il liquidait son *Solde*, comme son Rimbaud l'avait écrit, en cela encore pour lui prophétique et grand, et que le vol dont il venait d'être la victime n'était qu'une étape de plus sur le chemin de ses retrouvailles avec l'être profond et primitif qui s'éveillait en lui, que ce dépouillement dépassait les milliers de francs perdus puisqu'il lui ferait atteindre enfin la pureté précieuse dont son ancienne existence l'avait tant éloigné :

À vendre les Corps sans prix, hors de toute race, de tout monde, de tout sexe, de toute des-

cendance ! Les richesses jaillissant à chaque démarche ! Solde de diamants sans contrôle !

Le troisième matin, il quitta l'asile pour aller au gré des rues, léger. L'éternelle chaleur trempait les murs de torchis de coulées de lumière. Des enfants nus couraient en criant après de maigres chèvres. La ville sentait l'orange, la poussière, les feuilles de menthe, la viande douce à peine tuée, l'alcali et le benjoin, la coriandre, la sueur, le poivre et le goudron, les corps graissés de suif et de henné, le sel de la mer, le jasmin, le musc, et la merde de chien.

De gros Européens mouillaient des vestons de coutil aux terrasses ombragées des cafés de l'avenue de France, en s'épongeant le front dans de grands nuages de coton blanc. À leurs pieds, de jeunes Arabes agenouillés ciraient leurs chaussures en riant. Ils avaient des dents de loup, des dents de roi.

Frolon erra ainsi tout le jour, hagard, ivre des senteurs nouvelles et de la musique de cette langue inconnue, qui lui semblait rauque et ensorcelante à la manière d'un instrument tribal. Il se perdit dans la ville comme dans une ivresse profonde où l'on ne sait plus trop qui l'on est, où l'on va, ni qui l'on croise.

Puis ce fut la première nuit à même le sol, contre un mur chaud peint d'ocre et de marine. Quand il ferma les yeux, il se dit qu'il était le plus heureux des hommes.

Le lendemain commença pour Frolon une existence qui dura plus de trois longues années. Il devint, malgré lui, une figure de Tunis.

Pour survivre, il connut tous les petits métiers du peuple des démunis : il vendit à l'unité des cigarettes qu'un Libanais empestant le haschich lui fournissait à crédit, fut écrivain public, crieur de journaux, ouvreur de portes, homme-cheval à tirer en courant de frêles calèches où prenaient place de très jeunes filles habillées de lin grège, mendiant, livreur, infirme de circonstance…

Mais chaque soir venu, suivi par une nuée d'enfants sales qui lui jetaient en riant de petits cailloux et l'appelaient « Reïmbo, Reïmbo », il visitait toutes les terrasses des grands cafés illuminés des boulevards de la ville des blancs, et devant les buveurs qui ricanaient ou tentaient de le faire chasser, il récitait pour son plus grand bonheur quelques poèmes des *Illuminations*.

Souvent, des cris ou des crachats récompensaient sa peine, plus rarement de faibles pièces.

Un soir qu'il déclamait *H*, devant le café Delatour, il provoqua l'évanouissement de la femme d'un diplomate belge et adipeux qui ne supporta pas d'entendre chanter *la mécanique érotique* sous l'*hydrogène clarteux.* On appela la maréchaussée.

Frolon passa six jours et six nuits en prison. On lui confisqua le recueil dont les pages tant feuilletées s'ornaient désormais de caractères très pâles. La perte fut mince car l'ancien marchand connaissait depuis longtemps tous les textes par cœur.

Sa nouvelle vie l'avait fait devenir une sorte d'échalas barbu, au front tanné de soleil et dont les os saillaient sous une veste informe devenue bien trop grande.

Il mangeait peu, quêtait de rares légumes cuits dans les arrière-cours de gargotes, un morceau de mouton qu'il disputait parfois aux chiens.

Pourtant, jamais il ne s'était senti aussi libre, et comme l'ascète que l'extrême faiblesse provoquée par le jeûne parvient paradoxalement à repaître, le dénuement de Frolon se muait à ses yeux en la seule richesse qui comptât.

Il ne pensa plus jamais à sa femme ou à ses

filles, et jamais il n'abandonna son projet. Il s'en ouvrait à tous, et tous le prenaient pour un fou. Chaque semaine, il se rendait dans l'ancien caravansérail où de rares nomades berbères ou *mouris* s'équipaient encore avant de partir dans les grands déserts du Sud. Les hommes, à force de le voir rôder autour d'eux, avaient fini par le connaître. Eux aussi l'appelèrent Reïmbo. Frolon les suppliait souvent de l'emmener. Et toujours il ramassait quelques coups de pied, des rires, un claquement de fouet. Mais toujours il revenait.

Enfin, ce qu'il attendait tant finit par arriver un jour d'octobre 1889 : le directeur de l'asile auprès duquel il avait trouvé refuge pour ses premières nuits, et qui l'hébergeait de temps à autre par bonté d'âme, l'avait recommandé à trois missionnaires allemands qui partaient catéchiser en Égypte et dans l'ancien royaume de la reine de Saba.

Les trois frères, gras et gros, aux joues tendues de sang, le trouvèrent bien famélique, mais l'affaire fut vite conclue d'autant qu'en échange de son travail, qui consisterait à s'occuper des ânes, du seul cheval, à préparer les camps, cuisiner, et servir d'interprète grâce aux rudiments d'arabe qu'il avait acquis, Frolon ne recevrait pour salaire que la nourriture et la promesse du Paradis.

Il quitta Tunis comme jadis sa femme et ses filles, sans même se retourner, sans regret, ni amertume, en ne pensant à rien d'autre qu'à cette rencontre avec le poète fuyant, à propos de laquelle il n'avait jamais un seul moment douté.

Mais au fond de lui-même, il sentait bien que celle-ci avait déjà eu lieu, et qu'à force de lire les textes de M. Rimbaud, celui qui les avait écrits avait perdu de son essence fantomatique pour devenir un ami sans visage, un confident limpide ou mieux encore une part de lui-même, une sorte de supplément d'âme et de conscience qui habitait son propre cerveau.

Les trois Allemands suaient sur les ânes et sentaient fort mauvais. Le cheval avait l'échine ployée par le chargement de vivres et de Bibles, et Frolon, un sourire perpétuellement sur ses lèvres, les yeux toujours bien au-devant vers l'horizon, songeait à *des pièces d'or jaune semées sur l'agate, des piliers d'acajou supportant un dôme d'émeraudes*.

La fatigue ne semblait pas l'atteindre. Il mangeait peu et son corps déjà maigre acheva en quelques mois de prendre l'apparence d'un vieux cuir brun doué de paroles.

Tant bien que mal, les missionnaires essayaient de vendre Jésus-Christ dans les villages ou sous les tentes de nomades, devant un parterre d'hommes souvent hilares qui finissaient par relever leurs burnous pour leur montrer leurs derrières ou leurs sexes dressés.

Plus d'une fois, ils durent lever le camp avec précipitation. Un jour, entrés par mégarde dans une école coranique pour y annoncer la bonne nouvelle, ils furent arrêtés et reçurent trente coups de bâton : ils durent ce châtiment modeste à l'intervention de Frolon qui parlementa longtemps avec l'imam.

L'ancien marchand continuait lui aussi à répandre, quand il le pouvait, sa parole poétique : Frolon avait réussi à traduire certains textes des *Illuminations* en arabe vulgaire, et il les récitait le soir, quand les Allemands épuisés s'étaient endormis en ronflant sous les tentes, et que des hommes surgis de la nuit d'autres tentes, ou des ruelles sombres des villages, le rejoignaient pour profiter du feu.

Souvent, ceux-ci l'écoutaient avec une attention

respectueuse. Aucun ne lui montra jamais son derrière ni son sexe.

Une fois, alors qu'il venait de dire sous les étoiles claires la dernière strophe d'*Angoisse*, un vieillard hautain au visage d'aigle et de cendres lui prit la main, y versa du sable, s'inclina devant lui et dit : « *Waourb el' slawoui d'jamfar guebe*[1]. » Puis le vieillard disparut lentement dans la nuit.

Le surnom de Reïmbo continua à le suivre ; parfois même il le précédait.

L'étrange caravane se coula ainsi durant six semaines, entre jets de pierres, insultes et veillées sous les astres, le long du désert lybique.

À l'approche du Caire, les frères allemands, épuisés, las et affamés, troquèrent à un grainetier levantin ce qui restait des lots de Bibles contre vingt kilos de pois secs, dix de riz blanc, et quinze livres de pain bis.

Dès le lendemain, dans ce faubourg grouillant, le Livre des Rois, l'Apocalypse, et des milliers de pages du Pentateuque accueillirent, pliés en cônes, des portions de blé frit et de mouton grillé. L'huile suppurant des nourritures donnait aux versets

1. « Tu habites au profond de la souffrance des hommes. »

entortillés de curieuses luisances. Toute cette littérature souillée finit dans la crasse des trottoirs et l'ordure des fossés.

À ce moment du voyage, le bilan de conversion s'avérait mince. Frolon surprit les trois frères un soir dans une grande discussion. Il comprit que ceux-ci remettaient en question la poursuite de leur mission. L'un agitait son chapelet et sa croix, un autre montrait ses pieds saignants et ses fesses talées, tandis que le dernier, distrait, lançait des petits cailloux dans sa chaussure crevée qui gisait à trois pas.

Tous semblèrent s'accorder assez vite. Le plus gras d'entre eux, qui parlait quelques mots de français, s'adressa alors à Frolon :

« Reïmbo, pas de Dieu ici, foutu pays, foutus Arabes… trop chaleur, trop poussière, nous rentrer dans abbaye Bavière, voyage fini… Nous, vendons cheval, si vous vouloir âne, nous donner à vous… »

Le lendemain, tandis qu'une brume bleue se levait sur la ville et que le chant des muezzins et le son des églises cairotes se mêlaient dans une trouble pavane, Frolon accompagna les trois frères jusqu'à la porte de la légation de l'Empire où ceux-ci comptaient trouver un soutien et leur billet de retour.

Puis, il partit.

Toujours plus au sud.

Toujours disant les soirs le long du grand fleuve qui roulait son eau sous de sombres éclats de lune les *Illuminations*.

Toujours se nourrissant du peu des mots, et de fèves bouillies, d'un bol de *harira* qu'on lui tendait souvent en signe d'hospitalité.

Chaque jour, il marchait de l'aube au crépuscule du soir aux côtés de son âne qu'il n'osait monter de peur de le blesser, les yeux sur la fuite de l'horizon. Des enfants lui tenaient la main, ou dansaient autour de lui en chantant son nom de Reïmbo. On ne lui jetait plus de pierres. On paraissait attendre sa venue dans les villages. Le soleil martelait son crâne.

Frolon perdit le sens du temps, des heures, des jours. Parfois, il lui semblait être parti de Tunis quelques semaines plus tôt, d'autres fois cela lui paraissait remonter à plusieurs années.

Frolon perdit le sens de lui-même et du monde, de la faim, de la soif, de la fatigue, des hommes, de Dieu, du silence et du mal, de son passé et de sa propre existence : il gagna des allures de prophète, un regard fixe comme le sont ceux des aveugles.

Dans ses sommeils songeurs, chaque nuit, l'ancien marchand errait dans un pays où des lettres majuscules formaient des falaises abruptes, et des mots taillés dans un schiste vert des remparts sur lesquels il glissait ses mains dans un voluptueux mouvement de caresse.

Il marcha de plus en plus dans son rêve.
Oublia la géographie.
Oublia jusqu'à son nom de l'ancienne vie.
Se déclara Reïmbo, résolument.

À la suite d'un périple de plus d'une année qui lui avait fait traverser trois déserts, remonter un fleuve de légende et d'histoire, trébucher sur des étendues caillouteuses balayées par un vent siffleur, il parvint ivre de fièvre, affaibli, rongé par un feu qui partout lui faisait admirer *des prés de flamme* ainsi que *des herbages d'acier et d'émeraude* aux portes de la ville de Harrar.

Il y entra étendu sur son âne, une forte douleur ayant fait enfler son genou gauche qui ressemblait à ces gros nœuds que parfois les arbres filent dans leur branchage.

À demi conscient, il crut entendre une foule énorme frapper dans ses mains et l'entourer. L'âne s'arrêta sur une place ocre, puis attendit comme s'il avait compris que c'était là le terme du voyage.

Quand un *gouri* s'approcha de l'ancien marchand, celui-ci les yeux clos récitait dans de grands tremblements de lèvres des phrases de *Génie* :

Son corps ! Le dégagement rêvé, le brisement de la grâce croisée de violence nouvelle !
Sa vue, sa vue ! tous les agenouillages anciens et les peines relevés *à sa suite.*
Son jour ! L'abolition de toutes souffrances sonores et mouvantes dans la musique plus intense.

Le *gouri* ne comprit rien mais s'avisa qu'il s'agissait de la même langue que celle que les Blancs de la maison du négociant César Tian parlaient. Il tira l'âne jusqu'à ce comptoir de commerce.

Dans une pièce fraîche au sol pavé de carreaux

de faïence, on coucha le maigre corps qui récitait toujours. Quelques femmes indigènes lui baignèrent le front, et le firent boire. Sa vue distinguait à peine la forme de leurs visages. Il ressentait une immense paix. Il s'endormit.

On lui parla. Il ouvrit les yeux. Deux hommes se penchaient au-dessus de lui. Il devinait leurs barbes et leurs fronts dans une sorte de buée très lumineuse. On lui demandait son nom.

« Reïmbo… Reïmbo », parvint-il à articuler dans le souffle brûlant de son haleine.

Alors il entendit l'un des deux hommes dire à son compagnon : « Curieux, n'est-ce pas mon cher ami, c'est presque le vôtre. » Et l'autre homme soudain se pencha un peu plus sur lui. Alors il vit son visage qui ressemblait au sien comme celui d'un frère. Il essaya de le toucher, tendit les bras vers lui. Mais ce fut un tourbillon noir.

Et puis plus rien.

Quand il reprit conscience, c'était la nuit. Il lui sembla que la couche sur laquelle il gisait s'affolait de toutes parts et tentait de le renverser. Il cria.

Un homme vêtu d'un uniforme de la marine marchande vint à ses côtés, lui ouvrit les paupières, prit son pouls, murmura d'une voix douce : « Calmez-vous, calmez-vous voyons... »

« Où suis-je ? » demanda-t-il. L'homme lui expliqua qu'il se trouvait depuis deux semaines sur l'*Ocea nox* qui reliait Aden à Marseille, que le bateau atteindrait dans sept jours. Il ajouta que c'était la première fois qu'il reprenait conscience depuis leur départ. Deux négociants français l'avaient amené de Harrar jusqu'à Aden où ils l'avaient confié à un de leurs amis commerçants du nom de Bardey. C'est lui qui l'avait placé sur le bateau.

Il perdit à nouveau conscience.

Parfois, les jours suivants, il se réveillait des lents cauchemars dans lesquels invariablement il lui semblait habiter un *pavillon en viande saignante sur la soie des mers et des fleurs arctiques*, que venait visiter un homme maigre comme lui, barbu comme lui, et qui se penchait sur lui à le toucher. Il ouvrait les yeux, ne voyait personne. Sa jambe gauche lui paraissait habitée par un animal rongeur.

On le débarqua à Marseille sur une civière le 20 mai 1891.

Aux écoutilles de la cabine succédèrent les

murs tièdes et lisses de l'hôpital de la Conception. Il entendait des chants d'oiseaux et des rires de femmes. Par moments, le parfum des mimosas emplissait la grande salle commune et donnait aux râles des mourants une poésie poivrée.

Les médecins procédèrent à l'amputation de sa jambe gauche le 27 mai. Il faisait ce jour-là un temps à embrasser toute la terre.

Il passa de longues semaines à regarder le plafond de la salle. Il y voyait des dunes inconstantes. Son âne sommeillait au bas de son lit. Un visage, toujours le même visage se penchait sur le sien. On jouait dans son dos des concerts soutenus par *un choeur de verre et de mélodies nocturnes*. Il se parlait dans son silence. Cela dura.

Le temps désormais n'était plus pour lui qu'un très vieil instrument.

Le matin du 10 novembre de la même année, son corps s'agita violemment et ses traits se tirèrent. Lui qui n'avait jamais prononcé une seule parole depuis des mois commença à psalmodier très vite une longue liste de mots incohérents… «*Après le déluge, Enfance, Conte, Parade, Antique, Being beauteous, Ô la face cendrée, Vies, Départ, Royauté, À une raison, Matinée d'ivresse,*

Phrases... ». Le médecin appelé d'urgence parvint à le calmer en lui administrant de la morphine.

Alors il finit par se taire, et fixa pendant un long moment l'hygiéniste resté à son chevet ; puis, d'une voix très douce qu'il ne reconnut pas pour être la sienne, il lui dit :

« Mais l'autre, l'autre... qui me regarde toutes les nuits, et qui se penche sur moi... et qui me ressemble tant... où est-il maintenant ?

– L'autre, quel autre ?

— L'autre... celui que j'ai tant cherché... Rimbaud... »

Le médecin le regarda très surpris, puis finit par dire sur le ton de l'évidence que l'ineptie heurte :

« Mais... Rimbaud, c'est vous !! »

À ces mots, soudain, il se fit dans la conscience du mourant un grand éclair qui gomma par sa lumière toutes les parties sensibles du monde, et l'ancien marchand parvenu au bout de son chemin rejoignit enfin dans la nuit l'ombre qu'il poursuivait.

Roman

Adossé contre un mur toujours chaud, j'écris de petits romans, très courts, acérés comme des poignards, et que je vends contre un repas, une bouteille de vin, un lit malpropre pour une nuit.

J'écris en me cachant contre mon mur chauffé de soleil mais il m'arrive malgré tout de recevoir une brassée d'injures ou des crachats. Mes journées se passent ainsi.

Quand la nuit commence à tomber, j'erre le long des boulevards du port, avec dans ma poche, bien serrés, les feuillets noircis de mon dernier roman. D'autres comme moi se livrent au même manège honteux dans l'obscurité des parcs et sous le couvert des arbres. Quelques clients tout aussi clandestins hantent les mêmes lieux. Nous les repérons vite, et c'est à qui saura leur vendre son histoire avec le plus d'adresse, sans se faire surprendre par les patrouilles.

Parfois, nous nous retrouvons à deux ou trois autour du même amateur, qui nous écoute lui vanter le mérite de nos piètres fictions, la beauté de notre style à nul autre pareil, ou les rebondissements de nos intrigues. Souvent, effrayé par notre misère qui nous pousse à nous battre entre nous, il s'enfuit dans la nuit, sans même avoir rien acheté. Quelques chiens aboient sur son passage. Il disparaît. Nous gémissons.

Oui, aiguisés comme des lames, mes petits romans, vraiment tranchants, que j'écris avec une mine de plomb sur du papier pêché dans les décharges : n'importe quoi, des emballages de boucherie, des registres de comptable, des marges de journaux à scandale que le soleil a rendus doux comme les joues d'une fillette. Tout se fait très vite, je ne crois pas à l'imagination. Je lance le premier mot, au hasard, et puis cela s'enchaîne : des vies et des bonheurs, quelques deuils, de belles descriptions de rivières où je me suis baigné jadis, de paysages de forêts sous la pluie que j'ornemente des adjectifs les plus rares, le tout dans une brassée de feuilles qui fleurent encore l'ordure. Quand je peux, j'y mets aussi les lumières du matin sur le port, l'éclat du ventre des poissons qui palpitent sur le pont des chalutiers venant amarrer aux quais leurs coques peintes, les grands silences des nuits quand tous les nuages du crépuscule ont reflué vers les montagnes, et que ne demeure sur la ville qu'une poussière de brume, ma soif, le souvenir des hanches d'une femme qui fend mes songes comme la proue d'un navire. Je remplis. Je remplis... L'ordre importe peu.

Nous autres et nos romans, la ville nous rejette comme des chancres. Nous sommes les intouchables. Nous vivons l'été dans les ruelles du port. Quelques-uns font aussi les pitres sur les terrasses des cafés et forgent des poèmes de circonstance qu'ils déclament aux buveurs : il arrive que ceux-ci, lassés, leur jettent des pièces.

Je couche sous les étoiles calé contre mon petit mur qui jusqu'au milieu de la nuit garde la chaleur que le soleil lui a donnée. Les feuilles crasseuses de mon roman en cours sont mon oreiller ; j'y pose ma tête qui me semble toujours être malade. Le vent est ma seule couverture.

Parfois, l'un d'entre nous se fait arrêter et juger. Il s'en va passer de longs mois au bagne. Lorsqu'il revient, il n'a plus rien à dire et bégaye de courtes phrases, toujours les mêmes, sur les pierres aveuglantes et les flancs des carrières. Il tente à nouveau d'écrire, mais ça ne marche plus. Il meurt de ne plus trouver les mots ou bien un jour, par dépit, il disparaît vraiment.

Le temps passe pour tous les hommes, mais le nôtre est plus long.

Moi, je ne suis pas le plus malheureux : j'ai mon petit mur qui me chauffe le dos. J'essuie les crachats. Je n'y prête pas garde : ce ne sont que des filets d'eau qui s'échappent de bouches mortelles. Je les surpasse en écrivant mes romans qui sont comme des couteaux très pointus propres à graver leur musique dans la mémoire des hommes, et que j'adoucis de temps à autre par des silences, des silences démesurés à l'infini et que je voudrais pareils à de la poussière d'or, à de grands élans tremblés, aux gouttes d'eau que l'orage verse sur le revers des feuilles de saule avant de les en chasser.

J'essaie d'y mettre toutes ces choses, dans mes petits romans, même si cela ne veut rien dire.

Paliure

Igor Beshevich pressait le pas. Son service au musée commençait à six heures et l'encombrement des rues du quartier Mlanecsz l'avait déjà bien trop retardé.

La foule lambinait comme un gros serpent le long des boutiques d'écriture et de bougies, et chacun essayait tant bien que mal d'éviter les mares que la neige fondante avait formées dans le ruisseau. Les femmes surtout étaient les plus lentes, à force de relever leurs jupons pour ne pas les crotter, posant une bottine, puis l'autre, avec la délicatesse de très jeunes danseuses.

Beshevich peinait à reprendre son souffle et à glisser son gros corps entre le courant humain qui venait à son encontre. « Foutu *paliure...* », ruminait-il.

Plusieurs fois, il heurta des formes dures et qui

grognèrent, engoncées dans d'épais manteaux, sous des toques de velours ou d'astrakan, des aumusses bouffantes.

Tous ces gens n'avaient déjà presque plus de visages car le soir d'hiver s'emparait de la ville et de ses rues en y versant une ombre violette que ne parvenaient pas à déchirer les faibles loupiotes des vendeurs de *pavitska*, posées à même le sol fangeux.

À mesure que le ciel s'obscurcissait et qu'il sentait l'heure avancer, Beshevich se livrait plus encore à la merci de la petite angoisse qui l'accompagnait depuis qu'il avait fermé la porte de son appartement, crainte ridicule née d'un énervement sans importance.

« En retard, monsieur Beshevich… en retard… », s'était amusée la concierge quand il avait passé la loge, ce qui avait eu pour effet de le faire rougir et de l'essouffler plus encore.

« Serviteur, madame Schlomo… », avait-il répondu en levant son chapeau. « Vieille bique malpropre et sans mamelle », avait-il songé au-dedans de lui-même, honteux d'être aimable avec cette créature malgré le dégoût qu'elle lui inspirait.

Il devait à la précédente concierge une journée

entière au commissariat d'État pendant laquelle deux hommes qui sentaient fort l'oignon et le mouton frit l'avaient surveillé dans une petite pièce borgne, sans jamais rien lui dire, sans répondre à ses questions, sans en poser aucune d'ailleurs, et ne se parlant pas même entre eux.

Puis, à sa grande surprise, il avait été libéré, et le commissaire, en le raccompagnant jusqu'à la porte, avait eu ces mots de sibylle : « Soyez aimable, monsieur Beshevich, soyez aimable… même avec les pauvres femmes... » Ce à quoi il avait acquiescé, gêné, la bouche séchée par la peur, sans rien comprendre et sans oser interroger le commissaire, trop heureux de pouvoir quitter le lieu froid et les deux gardiens muets.

Il s'était toujours dit qu'il devait cette convocation à la concierge, avec qui il avait eu trois jours plus tôt quelques mots à propos d'une sordide affaire de cabinets communs mal nettoyés.

Aussi, quand celle-ci cassa sa pipe, un soir de l'automne précédent, quelques heures après qu'on l'avait retrouvée tombée dans la cave à charbon le front fendu contre l'angle d'une marche, Beshevich avait-il ouvert une bouteille d'eau-de-vie de noyau pour célébrer l'événement.

Hélas, la loge ne resta vide qu'une petite

semaine, et Mme Schlomo arriva avec une lettre de recommandation du commissaire qu'elle afficha sur la porte pendant un mois.

Beshevich avait desserré le nœud de sa cravate, le faux col en carton lui entaillait la poche rose de dindon qui lui pendait sous le menton, ses poumons faisaient le bruit d'une chute d'eau moussue, la sueur à grosses gouttes glissait de son front jusque dans ses yeux, une charrette faillit le renverser, l'éclaboussa jusqu'aux genoux. La foule ne s'amoindrissait pas. La corne d'un tramway beugla dans ses oreilles. « *Paliure, paliure…* », se répétait-il très doucement, agacé.

Il ne regardait plus les autres qu'il croisait mais essayait maintenant de courir, malgré son poids et son âge. Il lui semblait qu'il n'y avait rien d'autre devant lui qu'une large aiguille de plomb qui avançait, avançait, en faisant un bruit crissant sur un cadran de craie. Et Beshevich confondait le cadran de l'horloge avec le visage sec et jaune de M. Klapeck, le gardien-chef du musée, raide et froid, qui devait l'attendre sur les marches du musée, son gousset d'argent à la main, et il entendait déjà dans sa tête une voix moqueuse, la sienne sans doute mais enflée de sarcasmes, qui martelait : « *Paliure*, *paliure*, *paliure*… »

Car c'était bien à cause de ce fichu mot qu'il était ainsi en retard ! Impossible de retrouver ce qu'il signifiait… un comble ! Lui qui gardait tout… il l'avait pourtant bien trouvé quelque part ce *paliure*, mais où ?

Malgré ses cinquante-sept dictionnaires et index lexicologiques, et tous les petits carnets crasseux couverts d'écritures qu'il rangeait dans la seule armoire de son meublé de célibataire, avec mille précautions, comme l'on fait pour un trésor, Beshevich n'avait pu retrouver *paliure*.

Cela l'avait énervé au point qu'il avait perdu le sens de l'heure, n'avait pas dîné, et, quand le jour s'était affaissé d'un coup, il s'était soudainement rendu compte du temps qu'il avait passé à chercher sans succès la trace du mot dans ses notes, ses dictionnaires et sa capricieuse mémoire. Affolé, il était sorti en trombe de l'appartement.

Beshevich avait la passion — c'était bien la seule de sa vie — des mots rares, des mots délaissés, tordus, un peu grotesques ou qu'on abandonne dans l'oubli des langages parce qu'on leur préfère des roulures plus neuves ou plus clinquantes, des scies à la mode, des passe-partout sans relief.

Tous ces cocus vieillots fleurant le remugle, la littérature de greffe et l'acte notarié, gloires de terriers, trouvaient refuge dans la vie de Beshevich, dans le fatras de son appartement et celui de sa conversation la plupart du temps compréhensible à lui seul.

Souvent, faute de pouvoir les partager avec autrui, il les faisait sonner à haute voix, les soirs, après les avoir mentalement triés, classés, associés par catégories de sens, d'accent mélodique, de longueur vocalique, d'ancienneté, de généalogie étymologique, entre les quatre murs de sa chambre de gros et vieux garçon.

Il passait ses quelques jours de loisirs dans les bibliothèques de la ville, à moissonner les moribonds dans les *in-quarto* à tranches décaties, les opuscules rancis de mémorialistes des temps anciens, les libelles pédants et fielleux de petits-maîtres atrabilaires tout en mastiquant du pain noir et de la saucisse d'âne.

Quand il découvrait un mot qu'il n'avait encore jamais rencontré, tout son corps tremblotait et il ne pouvait rester en place, ni même cacher sa joie : il lui fallait sortir au plus vite des salles de travail ou de l'officine des loueurs de livres pour s'enfermer dans le premier endroit sûr où il pouvait alors, seul avec le mot, prendre la pleine mesure de son plaisir en le prononçant à haute voix, pour la première fois, en le faisant sonner à ses oreilles afin de ressentir la caresse de ce corps impalpable et volatil.

Bien souvent, les toilettes de la Bibliothèque royale furent les témoins de ces extases qui le laissaient ensuite comme hagard de longues heures durant, à l'image d'un amoureux comblé se retirant des cuisses de sa conquête.

Le musée était en vue. La nuit absorbait l'édifice sombre qui, même de jour, dégoûtait le public par ses murs ternes où de grandes traînées noires partaient du toit, suppuraient de mille gouttières pour rejoindre les marches d'un escalier écaillé.

Beshevich calma son allure, puis essaya sans grand succès de reprendre une respiration normale. Un grossier mouchoir puant la sueur et la vieille charcuterie lui permit d'éponger son visage trempé.

Klapeck ne l'attendait pas en haut des marches comme il l'avait craint. Il ouvrit la porte de service sur le côté gauche du bâtiment, la referma très doucement puis, avec une infinité de précautions, marchant sur la pointe des pieds comme pour alléger et ses craintes et son poids, il gagna le poste des gardes.

Le musée dormait. On n'entendait aucun bruit. En avançant vers le poste, Beshevich commença à se détendre. Et soudain, il eut le sentiment qu'un brouillard se dissipait, le brouillard de cette mélasse mangeuse de sens et, revenu à son interrogation obsédante, il vit, oui, il vit son *paliure* scintiller en lettres claires et comme iridescentes devant ses yeux, pour s'offrir enfin et s'éclairer de sa lumineuse définition.

Mais à ce moment, le pied de Beshevich buta contre une lame de parquet trop saillante ; il faillit tomber, trébucha, se rattrapa au mur, jura, pesta : *paliure* avait rejoint le mystère de sa nuit.

Dans le poste de garde, quelques phrases griffonnées par Klapeck sur le registre de surveillance le calmèrent : son supérieur devait se rendre au chevet de sa belle-mère mourante, il indiquait à Beshevich qu'il serait donc seul pour cette nuit. « Qu'il crève avec sa belle-mère, et bon vent ! » pensa le gros gardien dont le front de nouveau était couvert d'une aigre sueur.

Il se changea sans trop de hâte puis, revêtu de

son uniforme bleu sombre, il s'assit un instant. Son souffle était encore court et l'uniforme décidément bien trop petit. Beshevich sentait son engoncement : il peinait à bouger son bras gauche. Mais après tout, pourquoi mettre cette fichue veste puisqu'il était certain d'être seul pour la nuit !

En chemise, il se sentit beaucoup mieux quoique la petite douleur au bras n'avait pas encore complètement disparu.

Fouillant dans son casier, il trouva un reste de pâté de porc ainsi qu'un quignon de pain raide comme un os. Mâchouillant tout cela et saisissant sa lanterne, il partit d'un pas lent faire une première ronde au travers des salles.

Beshevich détestait la peinture.

Il n'avait jamais compris que l'on pût admirer ce qui singeait si grossièrement la réalité, tandis que dans la vie de tous les jours on regardait à peine ce que les peintres prenaient pour modèle.

Tous ces bouquets, ces entassements d'huîtres, de lièvres, de poires, de raisins et de homards, ces gerbes de roses et de tulipes, ces coupes de vermeil versées les unes sur les autres, ces tissus torsadés, ces drapés tombant sur des colonnes brisées, ces saints grotesques aux regards levés on ne savait où, ces gros corps roses de femmes jouant dans des campagnes trop vertes, tout cela lui donnait la nausée.

L'habitude aidant, il avait même fini par ne plus les voir et, lors de ses rondes, il préférait fixer ses chaussures et se concentrer sur ses dernières trouvailles, ou quelques problèmes d'étymologie, de recoupements onomastiques, plutôt que de laisser son regard aller vers les murs.

Beshevich avait terminé son en-cas et essuyait ses mains grasses contre la toile rugueuse d'un petit Murillo représentant trois aveugles errant sur un pont et s'apprêtant sans le savoir à se jeter dans l'eau.

Essayant de dégourdir son bras gauche qui lui semblait singulièrement lourd, il avait repris le fil de ses recherches :

Paliure, paliure… de *pal*, oui sans doute de *pal*, *palis*, substantif latin, qui veut dire, pieu, épieu, objet pointu, et par extension métonymique, danger, blessure, coupure. Oui… sans aucun doute… mais le suffixe, le suffixe ? *-iure*…, on a le choix, peut-être du moldave *-youre*, qui signifie en dessous, ou bien le bas-crétois *-iëre*, dont le sens indique plutôt la circularité, ou encore le croate *-liurue* qui veut dire… qui veut dire… non, ce n'est pas possible, pas le croate… bon sang, fichu mot, fichue mémoire !

Sortant une vieille cigarette roulée de sa poche, il la porta à ses lèvres et constata avec étonnement que son visage était toujours trempé de cette sueur poisseuse qui sentait un peu l'ail et le lait caillé.

Il craqua une allumette contre les vagues furieuses d'une tempête embrumée de William Turner. La petite flamme naissante roussit l'écume blanchâtre. Beshevich tenta d'effacer cela en grattant un peu la surface de la peinture avec son ongle, mais il ne réussit qu'à détacher un peu de la vague qui tomba en fine poussière à ses pieds.

Il haussa les épaules, tira deux bouffées de cigarette et poursuivit son chemin de salle en salle.

Paliure cognait dans sa tête à la façon d'un marteau rageur sur une enclume. Il lui semblait que le mot prisonnier se vengeait de lui en l'assommant, hurlant ses propres sons, désespéré de ne plus avoir de sens.

Et avec tout cela, comme si ce n'était pas assez pénible, son bras qui devenait de plus en plus lourd, et la douleur qui atteignait maintenant l'épaule, descendait un peu sur le poumon qu'elle semblait prendre comme entre des pinces.

Paliure, *paliure*, le mot criait maintenant dans

son cerveau, et ce n'était plus sa voix qui le disait mais celle acariâtre de la hideuse Mme Schlomo et, l'accompagnant, une autre voix, plus sèche encore et pointue, celle de M. Klapeck, et une autre encore, lointaine, menaçante, *paliure*, *paliure*, *paliure*... qu'il reconnut pour être la voix du commissaire de police.

Beshevich sentit son pas s'alourdir.

Il venait d'atteindre la salle consacrée à la peinture religieuse italienne quand, tout à coup, il eut le sentiment qu'un être invisible lui enfonçait une épée chauffée au rouge à travers le corps. Son cœur éclata dans un étau. Son bras gauche devint de pierre, sa poitrine prit une lourdeur oppressante. Il tenta sans succès d'aspirer une grande bouffée d'air.

Sans comprendre ce qui lui arrivait soudain, il se vit tournoyer et s'affaisser à terre, spectateur impuissant de sa propre chute.

Il fit nuit. Cela dura.

Lorsque Beshevich reprit conscience, il ne sut combien de secondes, de minutes ou d'heures s'étaient écoulées. Il sentait toujours en lui une grande douleur, peut-être moins vive que celle qui l'avait terrassé, mais plus chaude, plus constante et plus large.

Il essaya de se relever mais n'y parvint pas. Il essaya de bouger ses jambes, sans plus de succès.

Alors, pris de panique, il voulut se raidir et dans des efforts désespérés tenta de commander un muscle, un tendon, le plus petit et le plus inutile des infimes nerfs qui rampaient sous sa chair graisseuse…

Mais il ne se passa rien.

Même ses paupières restaient odieusement ouvertes, ne battaient plus et ses gros yeux s'encombraient de larmes qui coulaient toutes seules.

Sa tête avait roulé sur sa gauche dans sa chute et formait un angle bizarre avec son corps. Sa joue appuyée sur le parquet sale, Beshevich ne voyait rien qu'un brouillard de pleurs et de formes vagues.

Quand, après quelques minutes, les pleurs cessèrent et que sa vision s'éclaircit, Beshevich put constater que le visage doux d'un homme émacié et nu se penchait sur lui dans une attitude d'une grande humanité. Son regard bienveillant lui souriait. Un peu de barbe courait sur ses joues très maigres. Il essaya de lui adresser un appel plaintif mais aucun son ne sortit de sa bouche. Il ne connaissait pas cet homme, ne l'avait jamais vu.

L'agonie de Beshevich dura jusqu'au petit

matin et, jusqu'au petit matin, il dut regarder la *Crucifixion au buisson* d'Antonello de Messine, et tout particulièrement le visage du Christ que le peintre dans un souci de grandeur avait un peu disproportionné.

Les yeux du gardien, tantôt secs comme des cailloux, tantôt rafraîchis par des pleurs, parcouraient les plus petites rides du Bienheureux visage, et, pour la première fois de son existence, Beshevich, après avoir réalisé qu'il s'agissait d'un portrait et non d'un homme venu le secourir, se trouva contraint, malgré sa répugnance, de fixer une œuvre peinte.

Confusément, il comprit qu'il allait mourir et que, lorsque son confrère viendrait pour la relève du jour, il serait trop tard.

Alors dans un dernier effort, n'ayant plus d'autre souci que de mourir en paix avec lui-même, il tenta de chasser le visage couronné de Jésus-Christ, et se concentra avec une peine immense pour qu'enfin apparaisse *paliure*, et que le mot relâché, ouvert, lui livre son sens avant qu'il ne rendît l'âme.

Mais le bon visage du Crucifié, dans le front duquel les épines enfoncées avaient fait naître de courts ruisseaux de sang, demeurait devant les yeux du gardien à l'agonie, malgré tous ses efforts pour l'en chasser.

La douleur progressait dans le corps de Beshevich et altérait sa conscience. Il crut entendre chanter un coq, et voir tomber la couronne d'épines sur son ventre. Le visage lui souriait toujours, les lèvres à peine ouvertes, comme s'il allait murmurer.

Le cœur de Beshevich se fendillait en mille brisures de chair.

La couronne d'entrelacs et de pointes brunâtres paraissait voltiger au-dessus de son regard, et il voyait les épines aller et venir, si proches de ses pupilles qu'il crut qu'elles allaient lui crever les yeux…

Paliure, *paliure*, *paliure*, tenta-t-il encore une fois dans une ultime invocation au génie du mot qui ne voulait le visiter avant son dernier terme.

Un grand craquement parcourut sa poitrine.

À ce moment précis, sans qu'il devinât pourquoi, le Christ couronné lui parut de la plus haute importance.

Beshevich se sentit glisser dans un vide poisseux et noir, et soudain les épines percèrent la nuit vers laquelle il tombait, les épines de la sainte couronne se dressèrent dans le jour que fuyait Beshevich pour donner à une énigme sotte un terme bénin.

Car ces beaux piquants d'amour et de mal qui trônent sur le front blême du fils de Dieu, ces épines indifférentes que les peintres se plaisent à tresser au-dessus du visage de Gloire, de Souffrance et de Vie du Sauveur, comme pour lui donner la pâle dignité du plus humble des morts, sont les vives terminaisons d'un petit arbre de Judée, qui pousse à l'orée des déserts dans de pauvres sables, arbre malingre que les chèvres les plus affamées délaissent avec dédain, que le vent même évite de peur de s'y blesser et de perdre son chant, et que de savants botanistes, un jour, un jour très ancien, nommèrent du très doux terme de *paliure*, comme pour leur seul plaisir.

Mais de cela, Beshevich était mort, idiot, sans même s'en être souvenu.

Panoptique II

« … Voilà deux mois que nous avons commencé et nous sommes déjà sur le point de finir. Cela me paraît incroyable. Nous avons tous mis tant de cœur à l'ouvrage !

« Si tu reprends ma première lettre, tu constateras comme je m'affligeais du paysage : des bois, des champs à l'infini, quelques collines, une rivière qui se perd dans ses méandres pour venir parfois recouvrir les champs et la lisière des bois.

Les premières nuits furent difficiles, non pas parce que je réalisais seulement l'ampleur de ma condamnation. La raison en était bien plus simple : les oiseaux ne cessaient de chanter, à peine arrêtaient-ils avec la pleine obscurité pour reprendre leurs trilles de plus belle avant même que le soleil ne se lève. De surcroît, notre sommeil se trouvait souvent gêné par les cris des animaux sauvages qui venaient rôder près du campement. Mais bientôt, tout cela ne sera plus qu'un mauvais souvenir, nous aurons chacun notre lit, notre cellule, notre tranquillité.

«Le directeur paraît heureux de l'avancement des travaux, et nous le sommes autant que lui. Comme par miracle, parmi nous, il y avait suffisamment de charpentiers, de maçons, d'architectes, de serruriers, de forgerons pour construire n'importe quel édifice.

«Tu sais que j'ai toujours eu horreur de la négligence, et la qualité du travail que nous produisons me permet d'être le plus heureux des hommes. Le directeur nous respecte et nous écoute. Certes, nous sommes les condamnés et lui le directeur, mais il est assez généreux pour accueillir nos doléances lorsqu'elles lui paraissent justifiées.

«C'est ainsi par exemple qu'il y a quelque temps, lorsque après avoir terminé les enceintes extérieures, les fosses, et les champs d'épieux, nous commencions à élever les murs des cellules, il a accepté notre suggestion de supprimer les fenêtres de celles-ci, que les compagnons architectes avaient initialement prévues. Nous lui avons prouvé que les murs, exempts de toute ouverture, seraient beaucoup plus solides, voire indestructibles. Nous lui avons également fait remarquer que la tâche de ses gardiens en serait facilitée puisqu'elle ne consisterait à surveiller que la seule porte d'entrée de la cellule. Il a paru tout d'abord incrédule devant notre démarche, puis son visage s'est illuminé d'un sourire, et il a accepté.

« Par bonheur, depuis trois semaines, nos nuits sont déjà plus calmes : le chant des oiseaux ne nous parvient qu'atténué depuis que nous dormons dans l'espace constitué par les six murs de l'enceinte ; de même, plus de vue sur ce paysage qui m'avait tant déprimé : nos solides murs, voilà ce que nous voyons, et pour chacune des pierres qui les constituent, nous pourrions presque nous souvenir du moment où elle fut taillée, de la peine et de la joie que nous avons eues à le faire.

« À chaque angle de l'hexagone, une tour de garde de plus de trente mètres donne à l'ensemble une harmonie dont je ne me souviens pas avoir vu d'équivalent en quelque endroit que ce soit. Sur les flancs de chacune des tours, ceux parmi nous qui sont forgerons ont fabriqué des centaines de pointes de fer acérées que nous avons ensuite scellées dans le mortier : elles rendent ainsi l'escalade impossible. Les soirs, lorsqu'il fait beau, le soleil lance ses derniers rayons sur ces dards de métal qui soudain éclatent d'une lumière éblouissante c'est un spectacle grandiose.

« Je pense que dans une semaine, ou deux tout au plus, chacun d'entre nous pourra savourer son repos dans sa propre cellule. Le directeur, pour récompenser notre ardeur, nous a dit hier qu'il nous autorisait à en choisir la couleur : quand il nous a annoncé cette nouvelle, tu peux imaginer quelle fut notre joie !

« Ne m'en tiens pas grief, mais c'est sans doute la dernière lettre que je t'envoie car, une fois dans nos cellules, le directeur nous a confié qu'il se verrait dans l'impossibilité de nous permettre d'écrire. Dans un premier temps, cela nous a un peu troublé, mais après tout, il s'est montré si correct et si compréhensif avec nous autres que nous n'allions pas sur ce point mineur faire les mauvais esprits en contestant sa décision.

« Il n'y aura pas non plus de promenade car au début des travaux, après bien des discussions, nous avions obtenu la suppression sur les plans des trois cours prévues à cet effet : elles prenaient une place importante et nous avons jugé préférable de consacrer ces espaces à augmenter la sur face de nos cellules d'un bon mètre carré. Ce choix, par ailleurs, nous a valu l'estime de tous les gardiens qui, à partir de ce moment, se sont montrés très conciliants et chaleureux avec nous.

« Oui, vois-tu, encore une semaine ou deux à dormir sous ces satanées étoiles, les joues agacées par une brise qui jamais ne cesse, parmi les parfums des champs, les ronflements des autres condamnés, leurs bribes de rêves qui les font parfois parler à haute voix de leur vie d'avant.

« Bientôt, tout cela ne sera plus qu'un mauvais souvenir, je serai bien à l'abri, dans *ma* cellule, dans *mes* murs, mes murs si épais que je n'entendrai heureusement jamais plus les plaintes des animaux ni les murmures de mon voisin, ni ne sentirai le vent ou les parfums du dehors.

« Oui, enfin je serai chez *moi*, au calme, dans un lieu que j'aurai construit de mes mains, à la douleur de mes muscles et de mes paumes, à la sueur de mon front, et dont je pourrai m'enorgueillir pour le reste de ma perpétuité. »

Georges Piroux

Georges Piroux mourut dans son lit un matin d'août, au moment même où il rêvait qu'il mourait.

Le petit appartement qu'il avait acquis et habitait depuis son veuvage se situait dans un grand immeuble du quartier populaire de la Rivette.

Piroux sortait très peu de chez lui. Ses besoins réduits lui permettaient de se rendre chez le boucher et l'épicier une seule fois par mois. Il ne parlait à personne, et ses voisins auraient été bien incapables de décrire la forme de son visage, ou le son de sa voix.

Au matin de sa mort, il faisait un grand soleil et quelques rayons vinrent caresser le profil de Piroux dont les traits prenaient déjà une teinte de cire. Couché dans le lit, le cadavre ressemblait au corps d'un dormeur. Une mouche déambulait sur son front. Un peu de barbe continuait à pousser.

Les jours passèrent. Nul ne s'inquiéta de ne pas voir Georges Piroux, tant déjà de son vivant il existait si peu.

L'été finissait. L'immeuble, vide le jour, se remplissait le soir venu des cris des enfants courant dans les escaliers, du son trop fort des postes de TSF, et des élans tragiques de scènes de ménage qui tenaient en haleine les locataires.

Un couple nouvellement installé au deuxième parvenait notamment à captiver le monde grâce aux trouvailles verbales du mari qui, chaque jour, forgeait des métaphores neuves pour désigner son épouse : « groin qui pue », « salope à deux trous », « putain trentenaire », « poule qui suce ». Ce poète était pompier. Sa femme s'y entendait quant à elle pour gémir et pleurer sur tous les tons. On pouvait les croiser, enlacés à ne faire qu'un seul corps, tous les matins quand ils partaient à leur travail.

Vers huit heures, une odeur de nourriture pauvre emplissait les communs : cela sentait le chou, la rave et l'os de porc. Un peu comme une odeur de corps mal lavé ou malade.

Peu de temps après sa mort, Piroux avait pris une raideur glaciale puis tout s'était relâché. Les chairs amollies verdirent un peu avant de virer à un rose brunâtre. Les yeux s'enfoncèrent légèrement dans leur cavité et la mâchoire inférieure tomba sur la gorge du mort.

Une petite couche de poussière recouvrit les quelques meubles de l'appartement. Sous la porte, le facteur glissait le maigre courrier qui dessina bientôt un fragile et blanchâtre monticule.

La chaleur travailla le corps dans les premiers jours de septembre. Il gonfla. Le ventre de Piroux tendit les draps. De très petits insectes en prenaient à leur aise et batifolaient sur son visage, entraient par une narine, ressortaient par l'autre.

Les locataires passant devant la porte de l'appartement commencèrent à sentir une puanteur qui devenait chaque jour un peu plus grande.

Tous la commentaient, disaient que c'était un scandale, que leur pauvreté ne les obligeait pas à tout endurer, qu'il y avait des limites. Une pétition circula qui exigeait le curage des égouts et l'installation d'un siphon dans les waters. Elle reçut un grand nombre de signatures. On frappa à la porte de Piroux pour récolter son paraphe. Il n'y eut aucune réponse.

On se plaignit du manque de solidarité de certains.

Curieusement cette année-là, septembre abandonna les chaleurs avec une étrange soudaineté pour se donner subitement à un froid vif qui surprit tout le monde. Les odeurs épouvantables disparurent.

Georges Piroux avait perdu du poids. Sa tête rejoignait sa poitrine. La peau de son visage faisait songer à un parchemin qu'aurait frôlé la flamme d'une bougie : tendue, couleur de Sienne. Les ailes du nez ainsi que les lèvres ressemblaient à de fins cartonnages durcis. Le cadavre s'était paré d'une sérénité toute égyptienne.

L'hiver qui suivit fut d'une belle rigueur. Le gel acheva de transformer les muscles de Piroux en de longues fibres jaunes et sèches. Quand revint la belle saison, et que la vie reprit dans l'immeuble, on s'étonna de ne pas avoir vu depuis longtemps Georges Piroux.

« Il aura vendu son appartement sans rien dire, et bonsoir tout le monde, pas même un au revoir… », dit l'un.

« C'est ça les riches, ils ne font jamais attention à nous ! » dit un autre qui n'était que locataire.

« On pourrait mourir à côté d'eux qu'ils ne s'en apercevraient même pas ! » assena un troisième en crachant sur le seuil de l'appartement de Georges Piroux, comme pour venger un affront.

À quelques mètres d'eux, de l'autre côté de la porte, une mouche remplissait de minuscules œufs translucides les orbites creuses du vieux mort.

Tania Vläsi

C'est au moment où Tania Vläsi venait de finir de laver sa vaisselle — une assiette, une fourchette, un couteau, un verre — dans le petit appartement qu'elle occupait au dernier étage d'un immeuble du quartier de la Dvora qu'on sonna à sa porte. Il était treize heures environ en ce mardi 4 avril 1959. À trente-six ans, elle habitait seule depuis la mort de sa mère survenue l'année précédente. On ne lui connaissait pas d'ami. Elle ne recevait jamais de visite.

Lorsqu'elle ouvrit, elle vit face à elle deux hommes, et la porte de son voisin de palier qui se refermait en silence. Les deux hommes se présentèrent en lui disant qu'ils appartenaient au Service de la natalité, mais au vu de leur mise, elle pensa plutôt avoir affaire aux agents de la Police politique. Tania ne leur posa pas de questions.

Les deux hommes entrèrent chez elle sans lui demander son avis. Elle s'essuya les mains, enleva son tablier, le posa sur le dossier d'une chaise tandis qu'ils marchaient dans l'appartement, les mains dans le dos, en regardant les meubles, les murs nus, la photographie de sa mère posée sur une commode. Le plus grand, qui avait une tête de corbeau, ne cessait de répéter « Bien, bien… », avec un fin sourire. L'autre ne disait rien. Il observait Tania des pieds à la tête, comme s'il cherchait à la mesurer. Ses cheveux bruns et crépus le faisaient ressembler à un ours pelucheux. Il ne devait être guère plus âgé que Tania, mais on le sentait déjà usé, comme parvenu au bout de sa vie. Il portait une grosse alliance et avait les ongles sales.

« Alors, qu'en penses-tu ? » demanda le premier, une fois qu'il eut fini de faire le tour de l'appartement. L'autre avait toujours le regard braqué sur Tania. Elle eut le sentiment étrange qu'il la palpait des yeux, l'évaluait, la déshabillait. « Ça devrait aller… Enfin, tu sais, moi… C'est au Professeur de voir. — Bien sûr, bien sûr… », répondit l'autre en regardant vraiment Tania pour la première fois. La jeune femme ne savait que faire. Non qu'elle eût peur, mais elle demeurait désemparée face à ces hommes qui semblaient la considérer comme une chose inerte, un objet dénué d'esprit et de parole.

« Bon, allons-y ! » lança l'homme à la tête de corbeau en frappant dans ses mains. Il avait dit cela comme une évidence contre laquelle il n'y avait pas à lutter. Tania eut beau faire remarquer que son employeur l'attendait dans moins de trente minutes, et qu'elle ne pouvait s'absenter ainsi, l'ours pelucheux l'interrompit en lui disant que l'employeur était prévenu, qu'il n'y avait aucun problème, qu'il fallait se dépêcher, qu'elle n'était pas la seule et que le Professeur l'attendait. Tania demanda qui était le Professeur. Les deux hommes se regardèrent alors avec un petit sourire puis le plus grand finit par répondre : « Vous verrez bien, allons-y maintenant. »

L'autre l'avait déjà saisie par le bras et l'emmenait vers la porte. Tania n'eut que le temps de regarder une dernière fois le portrait de sa mère, puis la vaisselle qu'elle avait laissée sur l'évier, le torchon à carreaux qui était tombé à terre, les gouttes d'eau sur le sol recouvert d'un linoléum vert pâle qui l'avait toujours fait songer au grand bassin du parc Brodski près duquel elle aimait souvent s'asseoir.

Une voiture officielle attendait devant l'entrée

de l'immeuble. Le chauffeur ne se retourna même pas lorsqu'elle s'assit sur la banquette arrière, entre les deux hommes. Durant tout le trajet, ils ne dirent aucun mot. Le véhicule était étroit. Tania sentait contre elle, à travers les tissus de leurs manteaux et l'étoffe de sa robe, leurs corps lourds et chauds qui bougeaient au rythme de leur respiration. C'était la première fois que des corps d'hommes étaient à ce point si proches du sien, à ce point si proches qu'elle devinait la forme du ventre de ces hommes, la mollesse de leurs muscles, leur odeur aussi. Ils semblaient l'enrober entièrement. Elle eut l'impression de disparaître au milieu d'eux.

Tania ne prêta pas attention au trajet. Elle se laissait aller. Les deux hommes ne la regardaient plus. Au terme du voyage, la voiture entra dans la cour d'un grand bâtiment, en forme de U, qui ne comportait que deux étages. Beaucoup de voitures du même type que celle où elle avait pris place arrivaient, se garaient devant l'entrée. Des hommes en sortaient, escortant une femme. Des hommes qui ressemblaient dans leur mise et leur allure à ceux qui étaient venus la chercher tout à l'heure. Des femmes qui, au fond, n'étaient pas très différentes d'elle, et qui se laissaient faire, comme elle se laissait faire.

Dans le hall, il y avait un mouvement considérable, des allées et venues, des dizaines, des centaines, voire des milliers de ces étranges couples d'hommes entourant chacun une femme, et tout cela, ce grand ballet, se faisait dans un silence que seul le glissement des pas froissait.

L'homme à la tête de corbeau et celui qui ressemblait à un ours pelucheux la conduisirent dans un couloir immense sur lequel une infinité de petites portes dessinaient comme des alvéoles. Ils s'arrêtèrent devant l'une d'entre elles au même moment où, dans tout le couloir, les autres hommes et les femmes qu'ils escortaient faisaient de même.

« Voilà, c'est là, entrez ! Quelqu'un va venir… » Au moment où le plus grand terminait sa phrase, la porte s'ouvrit et une femme âgée sortit de la pièce avec un seau dans lequel flottait une eau rougeâtre, un balai, une serpillière. L'ours pelucheux parut contrarié. La femme s'en aperçut et lui dit dans un sourire : « Ne vous en faites pas, j'ai terminé, elle peut y aller ! », puis elle regarda Tania et Tania remarqua que la femme, vieille, aux cheveux gris roulés sur sa nuque, ressemblait un peu à sa mère. La femme lui adressa un sourire et s'éloigna avec ses ustensiles.

Les deux hommes la poussèrent dans la pièce dont le sol n'était pas encore sec. L'exiguïté du lieu paraissait renforcée par la disproportion entre sa surface, qui ne devait pas excéder six mètres carrés, et son plafond, situé si haut qu'on ne pouvait même pas l'apercevoir. Sur chaque mur il y avait une autre porte, identique à celle par laquelle Tania et les deux hommes venaient d'entrer. La pièce ressemblait un peu à un box d'un cabinet de radiologie sinon qu'il n'y avait aucune patère pour suspendre ses vêtements ni de tabouret sur lequel s'asseoir pour patienter.

« Quelqu'un va venir ! » répéta encore la tête de corbeau, puis il sortit avec son collègue et Tania entendit qu'après avoir refermé la porte ils faisaient tourner une clef dans la serrure. Restée seule, elle n'eut pas le temps de s'inquiéter car la clef tourna de nouveau dans la serrure et la porte s'ouvrit. C'était une femme, au visage dur et fermé. Son tablier blanc et sa coiffe lui donnaient une allure de nurse plutôt que d'infirmière. Elle ne salua pas Tania mais lui dit simplement de se déshabiller, entièrement, puis elle sortit et referma la porte à clef. Tania l'entendit ensuite entrer dans le box situé à la gauche du sien puis prononcer les mêmes paroles, qui lui parvinrent assourdies par la cloison.

Tania hésita puis finit par faire ce que la femme lui avait demandé. Depuis son enfance, on l'avait habituée à ne jamais aller à l'encontre des ordres officiels, des pensées du régime, des préceptes enseignés dans les écoles, des demandes formulées dans son travail. Elle ôta un à un tous ses vêtements mais ne sut où les poser. Elle les plia soigneusement puis les garda contre elle, contre sa peau nue, comme pour se protéger.

La clef tourna de nouveau dans la serrure et la nurse entra dans la pièce. Elle portait dans ses bras plusieurs vêtements entassés, jupes, chemisiers, bas, soutiens-gorge. « Donnez-moi ça ! » dit-elle à Tania en désignant ce que la jeune femme pressait contre son ventre. Et comme Tania tardait à lui tendre ses vêtements, elle ajouta : « Vous n'en aurez plus besoin maintenant. » La jeune femme les lui tendit, sans trop comprendre ce qu'elle avait voulu dire. Puis l'étrange nurse sortit et referma la porte à clef. Tania l'entendit entrer à côté, dire quelques mots, sans doute les mêmes que ceux qu'elle lui avait dits, et ressortir.

Du temps passa. Beaucoup de temps, ou très

peu. Tania n'aurait pas su dire. Comme si le fait d'être entièrement nue dans cette petite pièce l'avait isolée du monde, l'avait retirée du temps qui continuait à s'écouler sans elle. Elle attendait, mais elle ne savait quoi. Elle regardait les portes, ne sachant laquelle bientôt allait s'ouvrir. Elle n'avait ni froid ni chaud et n'osait pas regarder ce corps, son propre corps, qu'au fond elle connaissait si peu. Jamais elle ne s'en était préoccupée, et jamais non plus elle n'avait désiré que quelqu'un s'en préoccupât. Elle avait vécu avec sa mère dans un tissu d'habitudes qui excluaient les autres. Les années avaient passé, et les regards des hommes, qu'elle avait senti jadis posés sur elle, s'étaient au fil des ans lassés.

Tania ne savait pas quoi faire de ses mains. Elles tombaient sans cesse sur sa peau nue. Cela la gênait et la troublait un peu. Elle n'avait pas l'habitude de sentir ainsi sa tiédeur et sa douceur sous ses doigts. Elle revit alors le visage des deux hommes qui l'avaient conduite jusque ici et se rappela la chaleur de leurs corps tandis qu'elle était pressée contre eux, dans la voiture.

On éternua. Quelqu'un venait d'éternuer, dans le box à côté d'elle. Sans doute une autre femme nue, comme elle, et qui attendait. Mais soudain, toujours venant de ce même box, elle entendit des bruits, des paroles, sans doute. Elle vint contre la paroi, y appliqua l'oreille. Oui, c'était bien des paroles, brèves, une voix d'homme, des pas, et une porte qui se refermait, mais pas la porte d'entrée, une autre porte qu'on ne ferma pas à clef. Et puis de nouveau le silence. Et de nouveau cette impression de temps qui s'allonge, dure, ne passe pas, se suspend ou s'accélère.

Tania pensa à quantité de choses. Elle revit des journées entières de sa vie, des moments heureux, d'autres insignifiants qu'elle n'aurait jamais pensé avoir conservés dans sa mémoire. Elle put revivre ainsi des heures et des heures stériles, des après-midi entières pleines d'ennui, d'espoirs déçus, de résignation, de conversations monotones avec sa mère. Puis Tania revit les mains de l'homme au visage d'ours pelucheux, ses ongles sales, sa grosse alliance et ses doigts courts, empâtés. Elle imagina ces mains courir sur la peau nue d'une femme. Quel visage pouvait avoir sa femme ? Quelle peau ? Avait-il des enfants ?

La vision des doigts de l'homme disparut il y avait de nouveau des bruits à côté. Tania plaqua son oreille contre la cloison. Aucune parole, mais un choc sourd qu'elle ne sut identifier, puis une sorte de glissement, et la porte qui se refermait, la porte sans clef. Plus rien. La femme devait être revenue. Elle devait se tenir immobile. Elle n'éternuait plus.

Tania resta ainsi longtemps, l'oreille aux aguets, tandis que son regard parfois se perdait dans le plafond noir, invisible, si haut, et duquel pendait au bout d'un cordon une petite lampe comme sortie des ténèbres. Elle entendit un bruit de clef dans une serrure, la porte d'entrée s'ouvrir, dans le box voisin, des pas de nouveau, mais plus lents, beaucoup plus lents, comme épuisés. Alors, pour la première fois, Tania eut le désir de voir ce qui se passait de l'autre côté. Sans trop d'illusions, elle tourna doucement la poignée de la porte de séparation et à sa grande surprise elle s'ouvrit. Tania plaqua son œil dans le mince interstice et vit la vieille femme, celle qui ressemblait un peu à sa mère, agenouillée, épongeant sur le sol une mare de sang qui s'écoulait du crâne d'une jeune femme, nue, couchée le dos contre le sol, et que des mains invisibles tiraient par les pieds en dehors de la pièce.

Au moment où elle allait hurler, Tania entendit qu'une porte de son propre box s'ouvrait. La vieille femme l'entendit aussi, s'aperçut que Tania la regardait. La jeune femme eut le temps de voir le triste sourire que la vieille femme lui adressa. Elle referma vivement la porte. Elle se plaqua contre celle-ci. On entrait déjà. C'était un homme. Tania, tout entière encore au spectacle du corps traîné, ne se souvint plus qu'elle était nue. Nue devant lui. D'ailleurs, lui-même ne parut pas attacher d'importance à ce détail. Il la regardait sans vraiment la voir.

« Suivez-moi », lui dit-il. Elle le suivit comme un pantin. Autant la pièce dans laquelle elle était restée jusque-là était d'une étroitesse suffocante, autant les proportions de celle dans laquelle elle se trouvait désormais l'apparentaient à un vaste hall de gare. Tout y était immense, immense et nu. L'homme devant elle marchait d'un pas rapide, sans jamais se retourner. Peu à peu, au loin, éclairés par un disque lumineux qui pendait du plafond, elle aperçut un bureau, une chaise, et sur cette chaise, un autre homme assis. À côté de lui, Tania vit aussi, au fur et à mesure qu'elle se rapprochait, une table d'auscultation ainsi qu'une étagère sur laquelle se trouvaient des instruments, des fioles, des flacons, des boîtes de toutes tailles. Il fallut presque une minute pour que l'homme et Tania atteignent enfin le bureau. Celui qui était assis derrière portait une blouse blanche et lisait un journal. L'homme qui accompagnait Tania s'adressa à lui, avec infiniment de respect dans la voix, ainsi qu'un peu de crainte : « Professeur… Le numéro 5691 est là. » Tania songea qu'elle était devenue un numéro. Cela ne l'étonna pas outre mesure. Rien ne l'étonnait plus vraiment, et elle songea que c'était cela, au fond, qui était très étonnant.

« Oui…, répondit le Professeur sans lever les yeux de son journal. Installez-la. » L'homme prit Tania par le bras, l'amena vers la table d'auscultation et lui fit signe de s'allonger dessus. Une fois la jeune femme couchée, il saisit ses chevilles et plaça ses pieds dans les étriers de métal qui se dressaient de part et d'autre de la table. Puis il s'éloigna. Les yeux de Tania se perdirent dans l'obscurité du plafond. Elle ne voyait pas le Professeur mais entendait les pages du journal qu'il tournait.

Après quelques minutes, il se leva et vint vers elle, l'inspecta d'un coup d'œil rapide comme si elle était un bloc de marbre ou un morceau de viande. Se saisissant d'une sorte de compas, il commença ensuite par mesurer le diamètre de sa boîte crânienne, l'écartement de ses yeux, la largeur de son front, l'épatement de son nez, l'ouverture de sa bouche. Il regarda ses dents, les compta, les fit sonner avec un petit marteau. Il palpa les muscles de ses bras, ceux de ses cuisses et de ses mollets, prit les dimensions de son bassin. Il releva encore des dizaines de mesures qu'il notait sur une feuille, tout en sifflotant un air de marche militaire. Tania se laissait palper, toucher, trianguler. Elle sentait sur sa peau les doigts caoutchoutés du Professeur. Il lui semblait flotter dans une sorte de rêve, d'irréalité tour à tour délicieuse ou atroce, selon qu'elle fermait les yeux, se laissait aller aux palpations de cet homme ou bien se rappelait l'image du cadavre couvert de sang traîné sur le sol.

Le Professeur continuait à siffloter. Il vint s'asseoir au milieu des cuisses ouvertes de Tania, chaussa une curieuse paire de lunettes ainsi qu'une lampe frontale et se mit à l'examiner. Elle sentit alors que l'on fouillait dans son sexe. C'était comme si un petit animal s'y introduisait, essayait de connaître dans les moindres détails le nouveau lieu dans lequel il progressait. Tania ne voyait plus la tête du Professeur mais entendait toujours l'air gai et vif de la marche militaire. Puis l'animal sortit de son sexe. La tête du Professeur réapparut. Le sifflement cessa. Et pour la première fois, la jeune femme vit vraiment le Professeur : c'était un vieil homme aux cheveux d'argent, aux yeux de la même couleur, et dont la peau du visage paraissait une mer plissée par le vent.

« Splendide... », dit-il, s'adressant davantage à lui-même qu'à Tania. « Splendide... », répéta-t-il en se dirigeant vers son bureau. Il appuya sur la touche d'un interphone. Au bout de quelques secondes, une voix grésilla :

« Monsieur le Professeur ?

— Le numéro 5691 est splendide !

— Nous arrivons immédiatement, Monsieur le Professeur !

— C'est cela, ne tardez pas ! »

Tania était toujours étendue sur la table d'auscultation, les jambes écartées. Elle n'osait pas faire un seul mouvement. Déjà le Professeur ne semblait plus faire attention à elle, et il avait repris son sifflotement de marche militaire qu'il ponctuait désormais en martelant de ses doigts la surface de son bureau. Peu à peu, un murmure résonna dans l'immense pièce, et ce murmure grandit, grandit jusqu'à devenir un bruit énorme, une trépidation qui faisait bouger la table sur laquelle se trouvait Tania et tinter des instruments métalliques posés sur l'étagère. Soudain, tout s'arrêta, d'un coup, et une voix respectueuse retentit : « Nous voici, Monsieur le Professeur. » Tania releva légèrement la tête : des dizaines d'hommes revêtus de blouses blanches entouraient le bureau du Professeur et attendaient, silencieux et droits. Le vieil homme se leva, tira sur les pans de sa blouse, sourit largement et dit : « Venez ! »

Tous le suivirent et prirent position autour de Tania. Ces visages penchés sur elle lui donnèrent le tournis mais une fois de plus elle constata que ces hommes ne la regardaient pas vraiment, ne la regardaient pas en tant que jeune femme, nue, étendue et sans défense. Il n'y avait dans leurs yeux aucun désir, aucune curiosité mais uniquement de la froideur, une sorte de froideur intelligente. Tania eut le sentiment de ne plus exister.

Le Professeur toussa, se racla la gorge et pointa son doigt sur les jambes ouvertes de Tania ·

« La Reine ! »

L'assemblée applaudit. Le Professeur se remit à siffler sa marche militaire. Les hommes s'approchèrent de Tania. Des dizaines de mains caoutchoutées la palpèrent comme s'il fallait remodeler son corps, ou prendre son empreinte. Elle sentit dans son sexe de multiples animaux, de différentes tailles et de différentes formes. Puis elle vit une main approcher de son épaule, et dans cette main une seringue. Elle sentit une grande brûlure lui parcourir la nuque au fur et à mesure que le liquide était injecté dans ses muscles. Une blancheur se déposa sur ses yeux. Avant de perdre connaissance, elle pensa aux gouttes d'eau sur le linoléum vert de son appartement.

Quand Tania se réveilla, elle s'aperçut qu'elle était dans une chambre, une chambre confortable dont les murs jaunes semblaient boire la lumière du soleil qui passait au travers de grands rideaux de tulle. À peine avait-elle ouvert les yeux depuis quelques minutes que la cohorte des hommes en blanc entra dans sa chambre. Ils firent cercle autour d'elle. Elle se rendit compte à ce moment qu'elle était encore nue. On la palpa de nouveau, la fouilla, l'étira, la mesura. Les innombrables mains qui parcouraient son corps lui procuraient des sensations qu'elle n'avait jamais connues ni même imaginées. Elle se surprenait parfois à fermer les yeux, et à se laisser dériver dans ce qu'elle pensait être des champs immenses de cotonniers ou bien des nuages. Les hommes en blanc commentaient leurs découvertes, ses réactions, sa température, la largeur de son sexe, la dimension de ses seins, mais ils le faisaient pour eux seuls, comme s'ils lui refusaient toute faculté d'entendement.

Quand le Professeur entra, il se fit un grand silence. Les hommes s'écartèrent pour le laisser approcher de Tania. Il tenait à la main un flacon dans lequel un liquide trouble jetait par instants de grandes fluorescences. Il ouvrit les lèvres de la jeune femme qui but d'une traite le breuvage, sans réfléchir et sans dégoût. Elle sentit aussitôt une révolution dans son corps, un peu comme si on l'étirait du dedans, comme si tous ses organes et ses muscles prenaient une place nouvelle et une dimension insoupçonnée. Sur un geste du Professeur, elle fut ensuite transportée sur une sorte de civière jusqu'à une salle dont les murs étaient tendus d'un capitonnage rouge. Là, elle fut déposée sur un étrange meuble qui tenait à la fois du lit par sa douceur et son aspect accueillant et de la table d'auscultation par sa forme particulière et par les étriers qui le prolongeaient de part et d'autre.

Le Professeur l'examina une dernière fois, se penchant sur l'entrée de son sexe comme devant le plus grand des mystères, puis il se releva et dit simplement . « Allons-y ! » Tania vit pour la dernière fois ses cheveux blancs et ses yeux gris, sa peau rose et fripée, et l'entendit encore siffloter la petite marche militaire. Une porte s'ouvrit face à elle, qui lui fit apercevoir une colonne d'hommes, tous très jeunes très beaux, aux corps puissants et à la musculature parfaite. La file semblait infinie. Tous attendaient. Tous étaient nus. Tania détailla le premier d'entre eux et découvrit, droit et dur au bas du ventre, ce que jamais auparavant elle n'avait vu. Le premier homme avança, mécaniquement, vint jusqu'à elle et la pénétra. La jeune femme ne ressentit aucun trouble, et la présence de ce sexe dans le sien ne lui procura pas de plaisir ni d'émotion supplémentaires par rapport à ceux qu'elle avait déjà ressentis lorsque le Professeur puis les hommes en blanc l'avaient palpée, touchée et qu'elle avait cru son ventre habité par tout un peuple d'animaux.

L'homme allait et venait dans son corps, sans la regarder, sans la voir, un peu comme aurait pu le faire une machine. Il finit par se raidir. Elle sentit couler en elle une poix chaude, puis il se retira et partit sur sa gauche. Immédiatement, Tania sentit son corps traversé de courants et de vibrations. Puis elle vit son ventre se gonfler, très vite. Elle ressentit soudain une présence obscure en elle et cette présence se confirma en meme temps que le ventre continuait à se gonfler, à se tendre On lui donnait maintenant des coups de pied et des coups de poing, de l'intérieur, et son ventre était si rond qu'il lui bouchait toute vue. Un homme en blanc apparut sur sa droite. Il vint se placer entre ses cuisses. Une douleur insupportable cisailla son sexe, le ventre se dégonfla comme un soufflet. Elle vit l'homme en blanc qui tenait par la cheville un nouveau-né. Il lui tapa sur les fesses. L'enfant se mit à pousser des gémissements. L'homme l'emporta et disparut sur la droite.

Mais déjà le second homme de la colonne s'ap prochait de Tania, son sexe levé comme une épée Arrivé près d'elle, il la pénétra, alla et vint en elle, se raidit, lança sa poix chaude, se retira et partit sur la gauche, sans lui avoir adressé le moindre regard. Aussitôt, le ventre de la jeune femme se mit à bouillonner, puis à gonfler, elle sentit les coups de pied, les coups de poing, sa vue fut obstruée par son ventre redevenu très gros et très rond. Puis l'homme en blanc vint se placer devant elle, elle sentit l'immense douleur, elle vit son ventre retomber et l'homme tenir par la main la cheville d'un nouveau-né dont il frappa les fesses, et qui se mit à hurler. L'homme disparut par la droite mais déjà le troisième homme de la colonne s'avançait. Tout recommença.

Tania Vläsi fut pénétrée des milliers de fois et accoucha des milliers de fois. Le rituel était toujours le même, la colonne d'hommes nus ne paraissait jamais mincir, et les nouveau-nés semblaient tous se ressembler. Tania n'avait plus aucune idée du temps. Elle ne savait plus au juste combien de secondes, d'heures, de mois, d'années s'écoulaient entre chaque copulation et chaque accouchement. Parfois, elle avait le sentiment que tout allait très vite ; à d'autres moments, il lui semblait que l'homme nu qui s'avançait, à quelques mètres d'elle, mettait des années à la rejoindre et à venir en elle, et que l'enfant ensuite mettait des siècles à grandir dans son ventre. Jamais elle ne ressentit de fatigue. Jamais elle ne ferma les yeux ni ne s'endormit. Parfois, mais très rarement, elle se souvenait de son petit appartement, de sa vaisselle — une assiette, une fourchette, un couteau, un verre — posée sur l'égouttoir, de sa vie d'avant, étriquée et monotone, du portrait de sa mère posé sur la commode, des deux hommes qui étaient venus la chercher, l'un avec la tête de corbeau, l'autre qui ressemblait à un ours pelucheux, de la jeune femme que l'on traînait dans son sang, du seau rempli d'eau rougeâtre.

Sans cesse pénétrée et sans cesse accouchée,

Tania était devenue une mécanique et n'existait que dans sa propension à recevoir une semence et à la transformer en une chair nouvelle. Elle ne revit jamais le Professeur. Il lui sembla que des années passèrent. Elle essayait parfois de fixer les visages des hommes qui venaient en elle mais leur nombre incalculable dépassait de très loin les capacités de sa mémoire. Quelquefois, elle aurait voulu dormir mais elle n'y parvenait pas. Quelquefois aussi elle aurait souhaité parler mais aucun son ne sortait de sa bouche tandis que des enfants sortaient sans cesse de son sexe. Plus que tout, elle aurait aimé être regardée, au moins une fois, que ce fût par un des hommes en blanc, ceux qu'elle avait fini par surnommer les *Voleurs*, ou bien par un des hommes nus qu'elle avait surnommés les *Faiseurs*. Mais cela ne se produisit jamais. Les *Faiseurs* regardaient bien au-delà d'elle comme si dans son dos se déroulait une scène capitale et envoûtante. Les *Voleurs* n'avaient d'yeux que pour les nouveau-nés qu'ils emportaient vivement comme des biens inestimables.

Sa fécondité ne semblait jamais se tarir et après tout, se disait-elle, c'était bien pour cela qu'on l'avait choisie et qu'elle n'avait pas, comme toutes les autres femmes aperçues, fini le crâne fracassé. Elle faisait parfois danser dans son cerveau les premières paroles du Professeur devant son sexe ouvert, « Splendide, splendide », et le terme qu'il avait choisi pour la désigner, « la Reine ». Tania finissait par se dire que ces quelques mots, qu'aucun homme auparavant n'avait jamais murmurés pour elle, payaient la monotonie de son existence présente, et vengeaient celle, davantage sordide et effroyable, de son existence passée.

Tania se disait aussi que cette éternité de reproduction, dans laquelle elle jouait maintenant le premier rôle, n'était peut-être au fond qu'un préambule au paradis particulier dans lequel elle était entrée, une fois sa vaisselle faite, peu après treize heures, en ce mardi 4 avril 1959, alors qu'elle avait trente-six ans, que sa mère était morte depuis un an, et qu'elle ne supportait plus l'espèce humaine, cette immense ruche cruelle et dérisoire, oui, sans doute était-ce là, se disait-elle, une des salles d'attente de ce paradis placide qu'elle avait ce jour-là désiré, avant de se tirer une balle dans la tempe, et de s'effondrer, morte, sur le sol de son petit appartement, dont le linoléum vert avait les reflets de l'eau du grand bassin du parc Brodski où jadis, seule, toujours seule, elle aimait tant aller rêver.

DU MÊME AUTEUR

Aux Éditions Balland

MEUSE L'OUBLI, roman, 1999. Prix la Feuille d'or-Radio France Nancy-Lorraine, prix Erckmann-Chatrian (Folio n° 4356)

QUELQUES-UNS DES CENT REGRETS, roman, 2000. Prix Marcel Pagnol, prix Lucioles, 2001 (Folio n° 4357)

J'ABANDONNE, roman, 2000. Prix France Télévision (Folio n° 3784)

Au Mercure de France

LES PETITES MÉCANIQUES, 2003. Bourse Goncourt de la Nouvelle (Folio n° 4068)

Aux Éditions Stock

LE BRUIT DES TROUSSEAUX, 2002

LES ÂMES GRISES, 2003. Prix Renaudot, Grand Prix des lectrices de Elle

LA PETITE FILLE DE MONSIEUR LINH, 2005

LE MONDE SANS LES ENFANTS ET AUTRES HISTOIRES, 2006

LE RAPPORT DE BRODECK, 2007. Prix Goncourt des Lycéens 2007

PARLE-MOI D'AMOUR, 2008

PETITE FABRIQUE DES RÊVES ET DES RÉALITÉS, 2008

LE PAQUET, *théâtre*, 2010

Chez d'autres éditeurs

LE CAFÉ DE L'EXCELSIOR, roman, illustré de cinq photographies de Jean-Michel Marchetti, *Éditions La Dragonne*, 1999

BARRIO FLORES, PETITE CHRONIQUE DES OUBLIÉS, roman par nouvelles, illustrés de six photographies de Jean-Michel Marchetti, *Éditions La Dragonne*, 2000

AU REVOIR, MONSIEUR FRIANT, *Éditions Philéas Fogg*, 2001

POUR RICHARD BATO, récit, collection « Visible-lisible », *Æncrages & Co*, 2001

NOS SI PROCHES ORIENTS, récit, *National Geographic*, 2002

LA MORT DANS LE PAYSAGE, nouvelle illustrée de deux photographies de Nicolas Matula, *Æncrages & Co*, 2002

TROIS PETITES HISTOIRES DE JOUETS, nouvelles, *Virgile Éditions*, 2004

TROIS NUITS AU PALAIS FARNÈSE, récit, *Nicolas Chaudun Éditions*, 2005

FICTIONS INTIMES, nouvelle sur des photographies de Laure Vasconi, *Filigrane Éditions*, 2005

OMBÉLLIFÈRES, illustrations d'Émile Gallé, *Circa 1924*, 2006

Composition et impression CPI Bussière
à Saint-Amand (Cher), le 2 septembre 2010.
Dépôt légal : septembre 2010.
1er dépôt légal dans la collection : juin 2004.
Numéro d'imprimeur : 102383/1.
ISBN 978-2-07-031466-9./Imprimé en France.

179042